クールな御曹司は最愛のママとシークレットベビーを溺愛したい

m a r m a l a d e b u n k o

桜井響華

マーマレード文庫

目次

クールな御曹司は最愛のママとシークレットベビーを溺愛したい

クールな御曹司は最愛のママと
シークレットベビーを溺愛したい

プロローグ

オフィスビルが建ち並んでいる場所の隙間に小さな憩いの広場があり、その横には日々の喧噪を忘れられるようなカフェがある。

そこのカフェはまるで避暑地にある緑に囲まれた癒しの空間に似ていて、心身共に安らげるような場所だ。

オフィスビルで働く人々や女性客で賑わい、時には商談のスペースとしても使われている。

私は前職を辞めたばかりで職探しをしていた時に、このカフェを偶然にも見つけた。

癒される雰囲気が大好きで、店員募集の貼り紙を見て即座に応募し、直ちに採用されることになった。

「お待たせ致しました、本日のAランチの海老とトマトのクリームパスタです」

「ありがとうございます。今日はこれをオーダーします」

私がこのカフェで働くことになり、仕事にも慣れ始めた頃から毎日のようにランチに訪れる男性が居る。

彼はランチの後に必ずと言って良い程、スイーツのテイクアウトを希望。タイミングが良い時は、私が料理を運んだ時に必ず小さなメモを渡される。そのメモにはテイクアウトの品名が書いてあり、そこに書かれた商品を食後までに準備するのが毎回のルーティーン。逆にタイミングが悪い時は、通りかかった時にメモを渡される。

「いつもありがとうございます。食後までにはご用意しておきますね」

私は彼の名前も知らないが、どうやらカフェの近くのオフィスで働いているとの情報を一緒に働く従業員から聞いたことがあった。

彼はほとんど一人で来るが、稀に同僚の男性を連れて来ることもある。

一人で来た時は日替わりのランチをオーダーしスイーツのテイクアウトをするが、二人の時はスイーツを食後に食べてから帰るのがマイルールみたいなものなのかもしれない。

同僚の男性は食後にアイスコーヒーを飲み、彼がお気に入りの紅茶とスイーツを堪能し終わるのを待っていたりする。

私はテイクアウトの品が品切れにならない内に、箱に詰めていく。

今日は紅茶シフォンケーキとレモンのマカロン。

「あの男性はいつも一ノ瀬《いちのせ》さんにしか、スイーツのテイクアウトを注文しないのよ。

一ノ瀬さんが居ない時はランチのみだもの。もしかしたら、気があるのかもね？」

「そんなこと、有り得ないですよ。ただ、偶然にも毎回のようにオーダーに伺ってるので声をかけやすかっただけかと……」

「そうかなぁ？　私には一ノ瀬さんがお気に入りな気がしてるんだけれど」

テイクアウト用の箱にオーダーがあったスイーツを詰めている時、一緒に働いているスタッフの女性が声をかけてきた。

私的には、いつも来てくれる彼が私に気があれば喜ばしいと思う。何故なら、私は彼に一目惚れをしたからだったりする。

キリッとした整えられた眉にハッキリとした二重。鼻は高くて鼻筋が通っている。薄い唇。更には肌も綺麗。声のトーンも高過ぎず低過ぎず、私好みのトーン。紺色のスリムなスーツを着こなし、背筋を伸ばして、細くて長い麗しい指先でカトラリーを持ちながら食事をする。彼の端正な顔立ちも、スマートなスーツ姿も声のトーンも、食べている時の綺麗な仕草も全てが私の好みそのものだった。

彼が来ない日はとても寂しくて、彼が来た日には最高な気分になれる。

彼次第で一喜一憂してしまっている自分が居て、恋心を抱いている自覚があった。

「お待たせ致しました、テイクアウトのスイーツです」

「ありがとうございます。テーブルの上に置いて下さい。それから、こちらもお願いしたいのですがいかがでしょうか？」

「はい、なんでしょう？　あっ、これは……！」

先程のメモと同じ位の小さな紙切れを手渡された。そこには携帯電話の番号が書かれていて、〝貴方が退勤した後に話がしたい。嫌じゃなければ電話を下さい〟と添え書きがしてあった。

私は見た瞬間に嬉しくて口元が緩んでしまい、思わずニヤけてしまう。

どうしよう、彼からお誘いされてしまった！

「喜んでお受け致します」

私はにこやかに笑顔を振りまき、即答する。

彼は頬杖をつき、窓の外を眺めて私を見ないようにしていた。だが、頬が赤いことに気付いてしまい、照れているのだと勘づく。

平日の昼下がり、人生は時に、こんなにも素敵なことがあるのだと知った。

今日は中番だったので、二十時過ぎには仕事を上がれた。

早番は開店時の準備から十六時まで、中番はランチから二十時まで、遅番は閉店作業をしてから帰るので二十二時を過ぎる。

彼の仕事が何時に終わるのかも分からないが、遅番だと長時間、待たせてしまう恐れがあったので中番で良かった。

仕事終わりにドキドキしながら、彼に電話をかけた。

しかし、彼はすぐには電話に出なかったので諦めて切ろうとした時に『……はい』と聞き慣れた声が聞こえた。

『私、カフェで働いています、一ノ瀬と申します。えっと、仕事が終わったのでお電話しました』

『お電話ありがとうございます。今から職場を出ますので、カフェの前で待ってて頂けますか？　五分以内には伺います』

『はい、分かりました。待ってますので焦らずに来て下さいね』

約束をし、電話を切る。彼の職場はカフェから五分以内なのだと知った。

カフェの周りはオフィス街と言うこともあり、沢山の有名な一流企業が存在している。彼はどの企業に勤めているのだろうか？

待っている間中、通り過ぎて行く人々を眺めながら考えていた。

私と彼は顔見知りではあるが、お互いのことなど何も知らないのだ。

彼がどうして私を呼び出したのか、その理由を自分の都合の良いように解釈してしまう。

私が彼を気になっているように、彼も私を気にかけてくれていると淡い期待を持ってしまった。

とりあえずはお近付きになりたいなと思いつつ、本当は自分自身が期待しているような出来事なんて何もないのでは？　と真逆なことも頭の中をよぎる。

「……っはぁ、お待たせ、し、ました、待ってて下さり、ありがとう、ございます」

スーツ姿で現れた彼は、髪型と服装が乱れていた。職場から走って来てくれたのか、呼吸も荒い。

急いで待ち合わせ場所に来てくれた、真向かいにいる彼を物凄く愛おしく思う。

「五分、と言いましたが、流石に五分では無理がありましたね」

「私の為に急がせてしまい、申し訳ありません」

深呼吸をして息を整えている彼に、そっと手を伸ばし、反射的に曲がったネクタイを直そうとした。しかし、流石に馴れ馴れしいのでは？　と思い返し、伸ばした手をそっと下ろす。そんな私に気付いた彼は「自分で直しますから大丈夫です」と言って、そそくさと直していた。

薄暗くて良く分からないが、彼もきっと照れくさかったのだろう。

「お時間が大丈夫ならば、一緒にお食事でもいかがですか？」

「はい、是非、ご一緒させて頂きます」

私は迷うことなく、お誘いを受ける。

「駅前にカフェバーがあるのですが、そこで宜しいですか？」

「私も、あのお店は好きです」

私達はぎこちない雰囲気のまま、駅前のカフェバーまで歩き出した。

「あのっ、お互いに名前を名乗ってませんでしたよね？　私は一ノ瀬理咲《りさ》と申します。リサは理科の〝理〟に、花が咲くの〝咲〟で、理咲です」

私は大切なことをお互いに伝え忘れていたことに気付き、即座に名乗る。

「そうでしたね、大変失礼致しました。小鳥遊佳《たかなしけい》と申します。ケイは佳作の〝佳〟です。優れた人になるようにという想いを込めてつけられたそうです」

「ふふっ、そうなんですね。なんだか、私達はお見合いしているみたいですね」

お互いに名前も知らずにいたので自己紹介をし合ったら、初対面のお見合いみたいでおかしく思えた。佳さんも私につられて優しく微笑む。

「いらっしゃいませ、こちらへどうぞ」

二階建てで外壁が茶系のレンガ造りのカフェバーに到着し、重めの扉を引いて入店する。私達は、スマートな男性店員に角にある小さめな席へと案内された。

店内は薄暗いが柔らかい灯りが点っていて、テーブルには小さなランプが照らされている。ダークブラウンの木目調の家具を基本としている店内は、二人がけの席が四卓に四人がけの席が四卓。他にテラス席も三卓あり、天気の良い日には夜空を見上げられる為、開放的な雰囲気が味わえる。二階は主に団体席らしいので足を踏み入れたことはないが、二十人まで収容可能だとネットには記載されていた。

店員は男性が多いが、黒を基調とした制服に身を包んだ女性のバーテンダーも働いている。

大人な雰囲気で落ち着いている場所だ。夜ということもあり、カフェバーではお酒を楽しんでいる人も居る。

「お酒は飲めますか？」

「私はあまり飲めないので、ノンアルコールにします」

「分かりました。こちらから選んで下さい」

メニューを渡されて、ノンアルコールのカクテルを選ぶ。その後、食事のメニューを選ぼうとしたがお互いに迷ってしまい、シェアすることにした。

「いつもカフェに来て下さいますが、佳さんの職場は近いんですか？」

「すぐ近くにあります。五分圏内ですが、電話を頂いたギリギリまで仕事をしていて遅くなってしまい、すみません！」

「そんなに謝らないで下さい！ 寧ろ、私の退勤時間に合わせて頂き、ありがとうございます。普段は何時までお仕事なんですか？」

「普段は十九時過ぎには終了しています。その他に接待や急ぎの仕事があれば残業になりますし、その日によって、まちまちです」

私の仕事が終わるまで一時間も待ってくれていたのか。

「今日が早番ならば十八時には上がれたんですが、あいにく中番でしたので……」

「仕事はいくらでもあるので、残業しようと思えば出来ます。ただ、ダラダラと残業することが良いこととは思えないので、普段は十九時過ぎには終わりにしているだけです。今日は理咲さんを待っている間に仕事をしつつ、暇つぶしもしていた感じなので気にしないで下さいね」

一時間も待たせてしまったことの罪悪感から謝ろうとしたが、私の言葉を佳さんは遮った。

「今日、理咲さんにお話ししたかったことは……」

佳さんが私に言いかけた時、注文したドリンクが届いた。

話が途切れてしまい、私達はとりあえず、「お疲れ様です」と言ってグラス同士を合わせ乾杯した。その後に料理が届いたので、私は皿に取り分けする。

「わぁ！　サラダはボリュームがありますね。シェアして正解でしたね」

昼間は主に女性客で賑わい、夜はカップルとグループ客が多いようだ。

夜はシェアして食べることを想定されているせいか、ランチよりもボリュームがある気がする。

サラダの他には、〝気まぐれメニューの盛り合わせ〟と言う名の料理をオーダーした。

店員さんの説明を聞く限りでは、どうやら、その日のシェフの気分や材料の仕入れ状況で提供する料理が変わるらしい。

「お待たせ致しました、気まぐれメニューの盛り合わせです。本日はローストビーフ、マグロの頬肉のステーキ、かぼちゃの生クリームサラダです」

サラダに引き続き、運ばれてきた三種類が盛られた大きめなプレートは、ボリュームがある。

「佳さん、沢山食べて下さいね。私、マグロの頬肉焼きは初めて食べます。見た目は、血合いも少しありそうですね」

「自分も初めて食べます。楽しみですね」

血合いの部分も多少あったが、思ったよりも癖はなく、味付けも丁度良く食べやすかった。

私達は食事を楽しみながら、会話を広げていく。

佳さんは口数が少なく、私が沢山話している感じだが、たまに見せる微笑が何とも言えずに可愛らしい。

男性に可愛いと言ったら失礼かもしれないが、合間に見せる表情全てに好感を持てる。

「以前から思っていたのですが……」

「なんでしょうか？」

佳さんは想像もつかないのか、不思議そうに私を見る。

「食べ方が綺麗ですよね」

「自分では気にしていなかったのですが、両親に厳しく育てられたせいでしょうか」

箸の持ち方も、働いているカフェで普段から見ているナイフとフォークの使い方も、物凄く綺麗。背筋も常に伸びていて、だらけたりしない。

「理咲さんも食べ方や話し方から、育ちの良さが滲み出てますよ」

「いや、私は、そんなことは……ないです」

私も両親には厳しく育てられたが、物心ついた頃から、父には愛情を注がれたことはない。例えば佳さんと同じく裕福に育てられた境遇だとしても、私は愛情が欠けている分、同じとは思えない。

「謙遜しなくても良いんですよ」

私は、どう答えて良いのか分からずに言葉に詰まった。

佳さんはそんな私に勘づいたのか、少し間を置いてから言葉を発した。

「仕事で人事の担当をしておりますから、ほんの僅か、話しただけでも人柄の良さなどが分かるようになりました。理咲さんと話していると、とても優しく穏やかな気持ちになります」

佳さんの一言、一言が心にじんわりと染みていく。

「わ、私も同じです。今日、佳さんにお誘い頂けて良かったです。佳さんのことをもっと知りたかっ、……あっ！」

感情が高まり、言うはずではなかったことを口を滑らせてしまった。

恥ずかしいので、咄嗟に下を向いて顔を両手で覆った。

「今日、お誘いしたのは理咲さんにお付き合いを申し込もうと思ってのことです。理咲さんにお相手がいらっしゃらなくて、差し支えがなければお付き合いして頂けますか？」

佳さんの声が耳に入り、状況を理解するまで時間がかかる。

「勿論、友達からでも構いません。どちらにしても、理咲さんが嫌ではないことが前提ですが……」

私は覆い隠していた両手を下に下ろして、顔を上げる。

佳さんの顔を見ると、真っ赤になって、右手で口元を覆っていた。

私と目線が合わないように、視線を左側にずらしている。

「お、お友達じゃなくて、お付き合いしたいです」

自分の意見を精一杯伝えたいけれど、上手く伝えられそうもない。

心臓の鼓動がバクバクと跳ね上がっていて、か細く絞るように声を出した。

果たして、佳さんに聞こえたのか、どうか。

「本当、ですか？」

「はい、こうして一緒にお食事してること自体が、もうお友達ですから。今日で顔見知りもお友達も卒業して、お付き合いしましょう」

嬉しそうにはにかむように微笑むから、私も微笑みを返した。

その後、私達は食事を済ませ、カフェバーを出た。

「ご馳走になってしまい申し訳ありません。ありがとうございました。お料理、非常に美味しかったです」

「また食事をしに行きましょう」

外に出ると心地好い春風が吹いていて、私達の間を掠めていく。

「桜は散ってしまいましたが、これからは新緑が美しい季節になりますね」

「そうですね。実は、理咲さんが働くカフェに行き始めたのは、癒されるからなんです。あの場所は緑に囲まれていて、限られた時間ですが、忙しい日々を忘れさせてくれます」

「私も同じ理由であのカフェで働くようになりました。カフェの造りも木漏れ日が入るようになっていて、癒しの空間ですよね」

カフェバーから駅まで向かう道程に、私の働いているカフェの話になった。

佳さんの隣に並んで歩いていると、身長差があるから声が頭の上から降って来る。

「カフェに行き始めて、真っ先に目に入ったのは理咲さんでした。目に入った瞬間に釘付けでした」

「わ、私も、佳さんが気になってましたから！　きょ、今日、誘われた時も本当は期待してた、と言うか何と言うか……」

お互いに顔を見合わせなければ、恥ずかしい発言も出来てしまっている。

「……え？」

いつの間にか、佳さんは私のことを見下ろして、顔を見ていたようだ。驚いて、顔を上げた時に視線が合う。

「それはつまり、理咲さんも気になってくれていたと思っても良いですか？」

「はい、その通りです」

恥ずかし過ぎる！

自分の気持ちをさらけ出すことが、こんなにも恥ずかしいことだなんて！

二十五歳にもなって、男性とお付き合いをしたことがなかった私。

今まで、気になる男性も現れなかったのだけれど、佳さんには一目惚れをしてしまった。

初めて接客をした時から、次はいつ来るのだろう？　とか、他のお客様の接客をしながらも気になって仕方なかった。

佳さんは私の理想そのもので、身長も高く、細身のスーツが似合い、顔も好みだ。

こんなにも理想にピッタリな人が現れるだなんて、会った瞬間に恋に落ちた。

「目が釘付けになっていたのは、理咲さんに一目惚れをしてしまったからです」

「私も同じです、佳さんは理想そのものでしたから」

ドキドキ……ドキドキ……、心臓が破裂してしまいそうな程に恥ずかしいのに佳さんが真っすぐな気持ちを私にぶつけてくるから、私もそれに応えたくて声を振り絞る。

「実は、理咲さんが好意を抱いてくれているかもしれないと薄々は気付いていました。でも、だからと言って、脈がありそうだから声をかけた訳ではなく、本気で俺も気になって……」

佳さんが初めて、自分自身のことを〝俺〟と呼んだ。今までは私に対して堅苦しく丁寧に話していたが、次第に肩の荷を下ろせたのだろうか？

「お互いに片思いをしていたんですね。佳さん、お付き合いしているのですから、お互いに気を使って敬語で話をするのはやめにしませんか？」

「分かりました。これからは普段の喋り方で話すようにしましょう」

そう取り決めをしたが、なかなか敬語から抜け出せないものだ。付き合い始めた当日だから、お互いに遠慮をしているのもある。

駅の改札口付近まで着いてから、住んでいる場所を教え合った。

「理咲さん、自宅まで送って行きます」

「え……？」

「俺が誘ったせいで遅くなってしまったから、嫌じゃなければ送らせて。えっと、別に変な意味じゃなく、遅い時間で心配だから純粋な気持ちで送らせて欲しいだけです」

変な意味とはなんだろう……？

「お気持ちは嬉しいのですが、佳さんは明日も仕事がありますし、支障が出たら申し訳ないですし……」

「断る理由がそんな理由なら、送って行きます。今日から恋人になったのだから、遠慮は皆無です。さぁ、行きましょう！」

サッと手を繋がれ、私の住んでいる沿線の改札口まで向かう。

佳さんの手が大きくて、私の手は大部分が覆われた。

手を繋いで歩いていると、すれ違う女性からの視線を感じた。

佳さんは身長も高く、綺麗な顔立ちをしているので、女性の目につくのは私が一番知っている。……だけれども、すれ違い様にヒソヒソ話をされているのは、きっと私のことかもしれない。

私、佳さんに見合ってないかな？

視線が怖く思えて、近付き過ぎた佳さんから離れようとした。繋がれている手を振りほどこうとすると、佳さんは強く握り返してきた。

「手を繋ぐのは、嫌？」

「嫌、じゃないです。でも……」

「嫌じゃないなら、このままでいたい」

男性と手を繋いで歩くなんて、子供の頃以来だ。ましてや、好意を寄せている人と繋ぐのは初めてだから戸惑う。

「すれ違う男性達が理咲さんのことをチラチラと見ていたので、送ることにして良かった」

「え？」

改札口を抜け、電車を待っている間に佳さんが呟いた。

「つまり、理咲さんは何も気付いてないと思いますが、理咲さんみたいに可愛いと狙われやすいから、気を付けて下さいね！」

私は拍子抜けをしてしまった。

まさかのまさか、私が狙われるんじゃないかと心配だったらしい。

「……わ、私は可愛いですか？」

佳さんに出会ってからは、以前よりも見た目を気にしていた。少しでも気に入られたい、可愛いと思われたい一心でメイクや身だしなみにも気を配っていた。自分の努力が報われたようで、嬉しい。

可愛いと面と向かって言われるのは、嬉しいけれど、くすぐったい。元々、二重でパッチリした瞳な私。ふわふわウェーブな髪の毛は自分でもお気に入り。鼻はそんなに高くないのは自分でも認めていて、唇は少しだけぽってりとしている為、グロスを塗り過ぎるとベタベタになってしまうから気をつけている。

「はい。クリクリとした大きな瞳も、ふわふわな髪も、全てが可愛い」

「あはは っ……！」

「え？　理咲さん、何かおかしいですか？」

私はお互いがお互いを気にしていたのに、妙に食い違っていたことが面白かった。

「私は私で、すれ違う女性からの佳さんに対する視線が気になっていたんです。佳さんは物凄く素敵な方なので、すれ違う女性が皆、見てるんですよ。お付き合いしている方がいらっしゃらなかったのが不思議な位です。だからこそ、私が釣り合ってないんじゃないかな？　と思って不安になりました」

そう伝えると、佳さんは真剣な顔をして私を見る。

「そんなのは、こっちの台詞です。理咲さんが思っているよりも、良い男じゃないから釣り合ってないのは俺の方だと思う」

「そんなことはないです、絶対に！　佳さんは素敵だから、私こそです！」

私達はどちらも、意見を譲らなかった。佳さんこそ、謙遜し過ぎだと思う。

話してみて分かったけれど、佳さんは自分の意志をしっかりと持ち、信念を貫くタイプだ。

「理咲さんも、なかなか強情だな。でも、それがまた可愛い」

上から見下ろすように、流し目で私を見ながら、口角を上げる。

今までに見たことのない佳さんの表情に、ドキリとする。まるでフェロモンを放出しているように、艶っぽい。

私の頬は一瞬で赤くなり、そっぽを向いた。

心臓がいくつあっても足りない位に鼓動が速くて、破裂しそう。

佳さんは自分の艶っぽさに気付いてないんだろうな。私は気付いてしまったから、益々佳さんの虜になってしまった。

ドキドキしている間に電車がホームに入って来たので、内心助かったと思った。

「理咲さんは土日は休みじゃないんだよね？」

電車に乗り、座席に座ってから彼が問いかけてきた。

「はい、月に一度位は土日休みがシフトに入っています。スタッフが交代で休む感じですね」

「基本、俺の休みは土日だから、もしも休みが合えば、どこかに出かけよう。もしくは事前に言ってくれれば、有休で休むから平日も休めるよ」

「はい、楽しみにしてますね。でも……、私の為に平日にお休みするのは職場にも佳さんにもご迷惑では？」

コツン。軽く、拳で頭に触れられる。

「今日から彼女なんだから、遠慮しない」

「はい……」

ついつい遠慮がちになってしまう。

男性とお付き合いするのが初めてだから、どうして良いのかも分からない。

「じゃあ、会えない時も電話したりしても良いんですか？」

恐る恐る尋ねる。

「当たり前でしょ！　俺も声が聞きたいから電話もするし、これからもカフェには通うから」

佳さんは私を見つめながら、電話をし合うこととカフェに通うことを約束してくれた。

「ありがとうございます、嬉しいです」

初めて出来た彼氏が、こんなにも私に気配りをしてくれて、理想そのものの素敵な方で良いのかな？

私は現在、一人暮らしをしているので自由が多い。実家暮らしの時には、父が厳しかった為に彼氏を作るなど、到底、出来ない環境にあった。

実家を出てから、初めて知った愛情。これからも大切にしていきたい。

私は今、人生史上、最高に幸せです。

一、翻弄される日々

新緑に柔らかい光がさし、暖かくて過ごしやすい季節になった。

憧れだった佳さんとお付き合いを始めて、もうすぐ二週間が経とうとしていた。

佳さんとは早番か中番シフトの仕事終わりの日には、ほとんど会う約束をしている。会えない日には電話をして、朝晩の〝おはよう〟と〝おやすみ〟の挨拶はメッセージを送り合うまでになった。

しかし、初めて一緒に食事をした日に告白をされたが、最近では素っ気のない態度が気になってしまっている。

あの日の佳さんはとても優しくて、私と沢山の話をした。二回目に会った時も沢山の話をしたが、会う回数や電話の回数が増える度に素っ気なさが増してきた気がする。もはや、今では私の話を聞いて主に頷くだけ。目線もほとんど合わせなくなってしまった。

確かに佳さんは気になっていた相手だ。その佳さんが自分から告白をしてきたのにもかかわらず、私を好きな気持ちが見えなくなりつつあるので、戸惑ってしまっている。

本当に私が好きなの？

信じたいけれど、最近の佳さんからは好きの気持ちが伝わってこなくて不安を抱いていた。

「佳さん、今日は三色そぼろ丼と食後にデザートも作りました」

「ありがとう、食後にカフェに行くから」

出勤前に駅前で待ち合わせをして、お弁当を手渡す。

今日のメニューは三色そぼろ丼、スープジャーに入れた野菜がメインのお味噌汁、締めのデザートは果肉入りのオレンジゼリー。

このままだとお付き合いが消滅してしまうと思い、最近ではお弁当や食後のデザートを作って渡している。

お弁当を渡す時は佳さんの出勤前なので、自分が早番の日と決めている。

佳さんに私自身が飽きられないように、これからも好きでいてもらえるように健気にアタックを重ねていく決意をした。

佳さんは職場でお弁当を食べて、その後にカフェへコーヒーや紅茶を飲みに来る。

そして帰りにスイーツをテイクアウトして行くのが、恒例のパターン。

今日もまた同じようにカフェに現れたが、たまに一緒に来る男性と二人での来店だった。

「お疲れ様です、今日は同じ職場の加賀谷《かがや》と一緒に来ました。加賀谷は昼食を済ませていないので食事をとります。私はダージリンティーで。今日はテイクアウトはなしでお願いします」

佳さんはオーダーをした後に私を見て、柔らかい笑みを浮かべる。私もそれに答えるように微笑み返す。

「かしこまりました。加賀谷様もオーダーがお決まりでしたらお伺い致します」

一緒に来た男性の加賀谷さんに問いかけると、ニッコリと微笑んだ。

「和風ハンバーグランチと食後にアイスカフェラテにします。あの……」

加賀谷さんはジロジロと全身を舐め回すように見てくるので、少し嫌悪感を抱いてしまった。

「はい？」

「小鳥遊にこんなに可愛い彼女さんが出来るなんて思ってもみませんでした。普段から愛想がないし……」

　愛想がない……？

「実は小鳥遊とは高校時代からの親友で、現在は一緒に働いているんですよ。俺には愛想がないのですが、彼女さんには優しく微笑むんですね」

「おい、加賀谷！　黙れ、お前は全く余計なことを……！」

　加賀谷さんが話し出すと佳さんが慌てふためいていて面白い。佳さんは照れくさいのか、そっぽを向いて水を飲んでいる。

「ご馳走様、今日も美味しく頂きました」

　からかってくる加賀谷さんを無視して、私にお弁当箱が入った保冷バッグを返してくれた。

「嫌いな食べ物は入っていませんでしたか？」

「特に嫌いな食べ物はないので、全て頂きました」

「そうですか……」

　佳さんと私の関係性は、お付き合いをする前から他のスタッフに怪しまれていたので、今では公認のようなものだ。

　佳さんはキッチリとした性格で、必ずと言って良い程にお弁当箱を洗ってから返してくれる。私的にはそうしてくれると楽なのは確かだが、変に気を使われているような感じがして寂しいような気持ちにもなる。

お弁当もデザートも残さずに食べてくれる佳さんだったが、以前に増して会話を交わさない。

元々、口数が少ない方だとは思っていた。

私と一緒に居る時間はつまらないのだろうか？

本当は私のことなど興味がなく、外見は良いと思ったけど、内面には興味が持てなかったのかな？

マイナス思考から、自分が不安になることばかりを考えてしまう。

「今日、佳さんのお仕事が終わったら少しお話をしたいのですが宜しいですか？」

今日は会う予定はなかったが、佳さんの本音が聞いてみたい。そんな想いから、私は勇気を振り絞り切り出した。

「今日は……」

佳さんが答えようとした時に、「今日は特別急ぎの仕事はないので早めに上がれそうですよ」と何故か、加賀谷さんが答えた。

邪魔をされた佳さんはつまらなさそうな顔をして、「終わったら電話する」とだけ返した。

仕事が終わり、駅前のコーヒーショップにて佳さんの到着を待っていた。

ぼんやりと佳さんと加賀谷さんの関係性を思い出す。あんな風に自然にやり取りしたいなぁ。

頭のてっぺんから足の先まで全身を見られたような気がして、初めは嫌悪感さえ抱いてしまったが、話してみると良い方だった。それもそのはず、佳さんの親友なのだから、悪い人なはずがない。

「お疲れ様、待たせてごめん……」

「お疲れ様です。今日は突然にすみません！」

待っている間に飲んでいたカフェラテも空になった時、佳さんが現れた。

「大丈夫だよ、気にしないで。寧ろ……、いや、なんでもない」

佳さんは椅子を引いて腰掛けた。何かを言いかけて言葉を飲み込んだように感じたけれど、気のせいだろうか？

「話があるって言ってたけど、どうかしたの？」

「え、えっと……、佳さんは……」

私のことをどう思っているのかを聞きたいのに、言葉が出てこない。いざとなると面と向かって聞くのが怖くなってしまった。

本当は私の愛が重くて迷惑しているのでは？　私のことは好きじゃなくなったのでは？　と考えると胸が痛い。

聞いたことにより、もしも、この場で振られてしまったら私はどうなってしまうのだろう？　今でも不安に押し潰されそうで泣き出しそうなのに。考えれば考える程に深みに嵌り、言葉を発せない。

佳さんが俯き加減の私の顔をじっと見ているのが分かる。顔を上げられず、唇を噛み締める。

「他の人が居ない方が落ち着く話なら、二人きりで話そうか」

私の不安な気持ちを汲み取ってくれたのか、咄嗟に立ち上がった佳さんは私の手を引いた。強引にコーヒーショップから連れ出される。

有無を言えずにタクシーに乗せられた。どこに連れて行かれるのか不安だったが、タクシーの中ではお互いに何も話さず無言のままだった。

タクシーに乗っている間に降り出した雨は、次第に土砂降りになってしまった。

「さぁ、降りて」

「え？　ここって……？」

ロータリーにタクシーが停車し、降ろされた先は高級感溢れる建物の前だった。

「俺の自宅で話をしよう」

話次第では別れ話になるかもしれないのに、佳さんの自宅にはお邪魔出来ないと咄嗟に思う。お店の個室とかならば、話し合うのが辛ければ途中で中断することも出来たかもしれないが、佳さんの自宅ともなれば、なかなか難しいと思った。

「また後日で大丈夫です、私、帰ります……！」

私はタクシーが停車したロータリーから走り去ろうとして、雨が降る中に飛び出した。先程よりも少しだけ雨は弱まったが、傘がないと濡れてしまう勢いで降っている。

「理咲さん、待って！　俺は理咲さんの話をきちんと聞きたいから、自宅に連れて来たんだ。行き先も言わなくてごめん……！」

佳さんは私の腕を摑んで、雨の中から引き戻した。

「自分でも分かってるんだ、こういうところが駄目なところなんだって。とにかく、理咲さんに嫌な思いは絶対にさせないから、怖がらずにおいで……」

佳さんは摑んでいた腕を放し、私の右手をそっと繋いだ。佳さんは焦ってもいるし、困ってもいるような不安そうな表情をしていた。私は佳さんが必死に向き合おうとしてくれていることに気付いて、声を発さずに、そっと頷いた。

私は佳さんに手を引かれて歩き出す。

佳さんの自宅は私が一人暮らししているアパートとは、雲泥の差。地上から高さが約百メートルはある高層タワーレジデンス。見上げている暇もなく、建物内へと案内された。

三十七階建ての二十四階以上が住居部分。二十三階から下はオフィスが入っている。地下には大型SUVも悠々と停められる駐車場がある。

住む場所からして、頭の中で彼とは釣り合ってはいないと判断してしまう。

広々としたエントランスに足を踏み入れるとコンシェルジュが出迎えてくれ、「お帰りなさいませ」と声をかけられたので軽く会釈をした。

私達と同時位にエントランスに足を踏み入れた見知らぬ男性は、コンシェルジュに話しかけていた。どうやら、誰かを訪ねてきたらしい。

セキュリティもしっかりしていて、コンシェルジュが二十四時間待機している。訪問者は、コンシェルジュに訪問先の住人への来訪確認の許可を得てもらい、住居人専用エレベーターのセキュリティを解除するキーを渡されるらしい。その後は訪問先の住人が玄関のロック解除をしてくれれば入れる仕組み。

「雨で濡れちゃったね……」

佳さんの部屋は三十二階。玄関より先に通されると、広いＬＤＫのリビングが広がっていた。間取りは見た所、一ＬＤＫのような気がする。タオルを手渡され、身体を拭くように命じられた。

「風邪をひくといけないから、先にシャワーを浴びて」

佳さんにそう言われたが、ブンブンと首を横に振った。

「話をしたら帰りますから……」

「帰れないでしょ、その服じゃ。それに雨がまた強くなってきたから、もう少し待って……」

雨は強くなったり、弱くなったりを繰り返していた。ポタポタと雨の雫がフローリングに落ちていく。

「最近、佳さんは素っ気なくて悲しいです。加賀谷さんとは楽しそうに会話するのに、私と居る時はつまらなさそうで……」

私は濡れているスーツ姿の佳さんの肩に顔を埋め、泣き顔を見せないように抱き着いた。

「理咲さん……」

「どうして……、私とお付き合いをしようと思ったのですか？　お付き合いを申し込んでくれた日はあんなにも楽しかったのに、私と過ごして行く内に嫌気がさしましたか？」

私は佳さんに問いただした。

私の佳さんに対する気持ちは何も変わらないけれど、佳さんが心変わりをしたのなら身を引こうと思った。

「理咲さん、落ち着いて。……そうじゃないから！　とにかく、シャワーを浴びたら話をするから、先に入って！」

無理矢理に身体を引き剥がされる。

涙目のままに浴室に案内され、佳さんの服を着替えにと手渡された。

「浴槽にお湯を入れています。スピード洗濯して、乾燥機にかけて下さい。下着だけならシャワーを浴びたりしている間に乾くはずだから、途中で取り出して！　洋服が乾くまでは、俺のシャツを着てて！　あとタオルはここにあるから勝手に使って！」

バタンッ。佳さんは早口で言って、いきなり浴室の扉を閉めて出て行った。とりあえず、佳さんの言う通りにしよう。彼はドンと洗剤や洗濯のネットをひとまとめにして置いて行ってくれた。

一先ず、化粧崩れした時用に常備しているメイク落としシートでメイクを落とす。

その後に遠慮なく借りることにして、ドラム式の洗濯機の蓋を開ける。いざ洋服を脱ごうとした時、トントンと扉を叩く音と共に名前を呼ぶ声が聞こえた。

「今から少しだけ、家を留守にします。すぐに戻りますので、ゆっくりと入浴していて下さい」

「分かりました、ありがとうございます」

着ていた衣類を洗濯しながら、入浴する。広くて綺麗なバスルーム。お湯が溜まる間にシャワーを浴びる。佳さんのアメニティを借りるから、当然だけれど同じ香りになるんだよね。彼と同じ香りをまとうと思うと、私の鼓動がドキッと高鳴った。

「佳さんの洋服と浴室をお借りしてしまい、すみません」

佳さんに素っぴんを見られるのは恥ずかしいので、メイクをしてから戻った。

佳さんに言われた通りに図々しいながらもドラム式洗濯機にてスピード洗濯をして、その後に隣に設置されている乾燥機で衣類を乾かした。

ドラム式洗濯機に乾燥機能もついているが、乾燥に時間がかかる為に乾燥機を別に購入したらしい。

佳さんから借りた長袖のTシャツもハーフパンツもブカブカだ。

首元が広く、肩も落ちてしまう。

当然、袖も長いので何度も折り曲げて八分袖位の長さにした。

ハーフパンツは内側に紐がついていたから良かったものの、ついてなければゆるゆるで履けなかった。

バスルームからリビングに移動した私を見た佳さんは、すぐに視線を逸らした。目線を逸らしたまま、私に話をかける。

「ソファーに座って、紅茶を飲んで待ってて」

「ありがとうございます」

私がお礼を言うと視線は外したまま、ポイッと大きめなひざ掛けを投げて浴室へと消えた。

私のせいで濡れたフローリングは綺麗になっていて、佳さんに迷惑をかけてしまったと深く反省する。

落ち込みながらソファーに座ると、ティー・コージーが被せられたティーポットとソーサー付きのティーカップが置かれていた。

待っている間に佳さんが用意してくれたらしい。

隣にはきちんと砂時計まで置いてあり、もうすぐ砂が落ちきるところだ。

罪悪感に苛まれながらも紅茶に気移りしてしまう、駄目人間な私がいる。

「わぁっ、良い香り……！」

砂時計が落ちきり、ティーカップに紅茶を注ぐと良い香りが広がって、思わず声に出してしまった。この香りはダージリンだ。

香りを堪能しながら、口に含み喉に流す。爽やかな渋さが広がり、好みの味だった。

佳さんはどちらかと言えば、コーヒーよりも紅茶が好きなのだと思う。カフェに来店する時、時間がある時はティーポットの紅茶、あまり時間がない時はコーヒーかカップに入った飲みきりの紅茶をオーダーしている。

カップに注いだ紅茶を堪能していると、肩にバスタオルをかけて、ルームウェアを着ている濡れたままの髪の佳さんがリビングに入って来た。

スーツ姿の時のまとめ髪とは違う雰囲気の佳さんにキュンとときめく。

「佳さん、早速、紅茶を頂いています。とても良い香りで、口当たりも爽やかですね」

「そう、それは良かった」

佳さんは私のことをあまり見ないようにしているのか、冷蔵庫に入っているペットボトルの水を飲んだ後にすぐ居なくなった。

やっぱり、私のことを見てはくれないんだ。悲しみが溢れて、涙が頬を伝う。

洋服が乾いたら佳さんにお別れを言うべきなのかな？


「理咲さん？」

リビングに再び戻って来た佳さんは、私を見てハッとした顔をしていた。

「泣いてるの？」

隣に座った佳さんは私の顔を覗き込み、右手の人差し指で優しく涙を拭う。

「ごめん……、俺のせいだよね」

コツン、と額同士をくっつけられる。佳さんの長い前髪が私の顔にかかった。

「ち、違います……！　私が不甲斐ないから、佳さんが嫌気がさしても仕方な……」

佳さんとの距離が近過ぎて、逃げようとしたけれど逃げられない。

佳さんは私の頬にそっと手で触れて、目尻にキスを落とした。

「理咲さんに嫌気がさす訳がないでしょう。寧ろ、その逆で、どうしたら良いのか分からずに傷付けてしまってごめん。一先ず、俺の話を聞いてくれたら嬉しい」

私は静かに頷いた。

「以前に両親から厳しく育てられたと話したでしょう？　母よりも父から厳しく育てられ、父は兄ばかりを可愛がっていると子供ながらに思っていたんだ」

佳さんはソファーの背もたれに左手をかけ、私の方を向いて話を始めた。

私も父には厳しく育てられて、姉との格差があったので佳さんの気持ちが良く分かる。

一人暮らしをすることになったのも、父との揉めごとがあったからだ。

口に出せる程、心が回復していないから今はまだ佳さんにお話しすることは出来ないけれど……。

「厳しく育てられて愛情に飢えていたからか、理咲さんから注がれる沢山の愛情をどう受け止めたら良いのか分からないんだ。だから、本当は嬉しいのに素っ気ない態度を取ってしまってごめん……」

佳さんの本音を聞けて、私は嬉しかった。心の中のモヤモヤが消えて晴れ晴れとしてくる。張り詰めていた気持ちがほぐれていく安堵感。

佳さんの事情が分かり、自分と同じ境遇に置かれていたのかと思うと以前よりも、もっと親近感が湧いた。より一層、愛しく思う。

「私はてっきり、嫌気がさしたのかと思ってました。自分が早番の度にお弁当を用意したり、仕事終わりに電話をかけてしまったり、しつこくしてしまったかな？　と思い返していました。こんな私で良ければ、沢山わがまま言って、沢山甘えて下さいね」

そう言って、佳さんを抱きしめた。すかさず佳さんも私を抱きしめ返してくれた。

佳さんが私の肩に頭を乗せるとお揃いのシャンプーの香りが、鼻を掠める。

「理咲さんは小さくて可愛い。オマケに細いから、力を入れたら壊れてしまいそうで」

「私は小学生の頃に自転車で転んでアスファルトに転がっても無事な位に頑丈ですから、ちょっとやそっとじゃ壊れませんよ？　だから、もっとギュッとして下さい」

佳さんの体温が温かい。

彼にも聞こえてしまいそうな程に心臓の音が鳴り響いているけれど、温もりが心地好くて離れたくない。

このままずっと、二人で居たいな。乾燥中の衣類が永遠に乾かなければ良いのにと思う。

「理咲さん、これからも一緒に居て下さいね」

「はい」

身体を離すと、顎に指をかけて私を上向かせた。佳さんの顔が近付いてきたから、目をギュッと強く瞑る。

きっとキスをするのだと思う。しかし目を瞑っているのに、なかなかキスをされない。どうして……？

恐る恐る目を開けると、佳さんは私の顔を見ていた。

「大丈夫……？　無理してない？」

「し、してないです！」

私は緊張の為か、構えて力が入り過ぎていたようだ。

佳さんの背中から離した手も、膝の上で握りしめていたので佳さんにも緊張が伝わってしまったのだろう。

佳さんは、ふふっと柔らかく笑みを浮かべて、私の頭を撫でた。

「好きだよ、理咲さん」

優しい目で私を見ながら愛の言葉を囁かれ、佳さんに再びときめく。

目と目が自然に合い、最高潮に胸が高鳴る。トクン、トクンと心拍数が上がっていくのが自分でも感じられる。

佳さんは私の頬と耳の後ろに手を添えて、額と頬にキスをする。その延長で、そっと唇同士を重ねた。自然な流れで唇が重なった。

「佳さん、私も好き……」

唇が離れた瞬間に気持ちが高まり、私からも佳さんに気持ちを伝えた。男性経験のない私は、ファーストキスが佳さんで良かったと心底思った。大好きな人とのファーストキスは、思い出に深く刻まれた。

再び唇を重ねた後、その後も何度か触れるだけのキスを繰り返す。とろける程に甘い時間に酔いしれた。


「理咲さん、お腹空かない？」

先程の甘い雰囲気とは一転して、佳さんが聞いてきた。そう言われて時計を見たら、時刻は二十一時を過ぎていた。

「そういえば、夕飯を食べてませんでしたね。私、何か作ります！　キッチンをお借りしても良いですか？」

「どうぞ。でも、食材があまりないかもしれないけど」

佳さんのキッチンを借りようと足を踏み入れると、ピカピカに光っているシンクやＩＨコンロが目に入った。

様々な調味料と紅茶類が並べて置いてあるので、使用しないから綺麗な訳ではない。掃除が行き届いているのだ。

「わぁっ……！」

整理整頓されている綺麗なキッチンを目にしてしまったら、思わず声が出てしまった。

「思った通り、佳さんは綺麗好きなんですね」

佳さんのキッチンを見て、ハッキリと分かったことがある。お弁当箱を洗って返してくれていたのは、気遣いもあるけれど、綺麗好きだからだ。決して、私に他人行儀な姿勢で洗ってくれていた訳ではないと確信した。

「綺麗好きと言うより、散らかってるのが好きじゃないだけ。それに物が何もないだけだよ」

「佳さんの部屋は必要以外の物はなさそうですもんね。冷蔵庫、失礼致します」

冷蔵庫の扉を開き、中を覗くと卵やチーズ、ベーコンなど使えそうな食材があった。

とりあえずはチーズとベーコンを手に持って、冷蔵庫の扉を一旦閉める。

振り向いた時に、佳さんが冷蔵庫に手をかけて、私を見下ろしていた。

「いいよ、これからは理咲さんの物を置いても。その代わり、理咲さんが休みの前日とか、遅い出勤時間の前日とかに泊まりに来てよ」

私は突然の提案に驚き、胸元に両手に持ったベーコンとチーズを胸元辺りで握りしめる。

上向きに佳さんを見上げたまま硬直してしまうと、不意に唇を塞がれた。

先程とは違う貪るようなキスに息が出来ない。

「……っ、」

「さっきの話、聞いてた？」

やっと唇が離れた時、佳さんは意地悪そうに聞いてきた。私は全身の力が抜けそうで、立っているのが辛い。

呼吸も整わずに、きっと顔も真っ赤になっているはずだ。

「き、聞いてましたけど……、お泊まりって？」

「嫌？」

「嫌じゃないですけど、でも……」

私は佳さんの顔がまともに見られずに俯きながら話す。お泊まりするということは、キス以上のことにもなりかねない。

いずれはそういう関係にもなるだろうけれど、何もかもが初めてで、私の心も身体もついていけなさそう。

「理咲さんはさっき、沢山わがまま言って沢山甘えて良いって言ってたから、そうすることにしたんだけど。それに俺だって理咲さんを甘やかしたいし、わがまま言って欲しい。理咲さんとはこれからも付き合っていきたいから、お互いに遠慮とか、なしにしよう。毎日会いたいし、どうしても会えない日は声が聞きたいから電話したい」

「はい、私も毎日会いたいです」

「じゃあ、泊まりに来るのも決まりね。理咲さんが来たいと思ったタイミングでおいで。俺はいつでも大丈夫だから……」

私は恥ずかしくて、返事は首を縦に振っただけになってしまった。

しゃがんで佳さんの腕の下をすり抜けて、キッチンの台に握りしめていたチーズとベーコンを置いた。

私がすり抜けた為に置き去りにされた佳さんは、少し間を置いてから「他に何が必要？　取るから言って」と聞いてきたので、「バターがあればバターと……なければマーガリン等でも良いです。他には卵三個と玉ねぎを下さい」と返答した。佳さんは「オッケー」と言って、探し始める。

今更、心臓がバクバクしてきた。先程の佳さんは全面に男性的な強引さを押し出してきて、色っぽくもあり、荒々しくもあった。

佳さんは穏やかな人だと勝手に思い込んでいたけれど、本当は違うのかもしれない。強引さも甘さも合わせ持っているようで、私の頭の中はパニック寸前。

「はい、頼まれた食材。何を作ってくれるの？」

心を落ち着けながら、ベーコンを細かく切っていると佳さんが頼んだ食材を持って来てくれた。

「わ、……え、えっと、チーズオムレツです。あと、このパンを頂いても良いですか？」

「どうぞ」

必死で正常心を保とうとしているのに、佳さんはどんどん距離を縮めてくる。

気持ちが落ち着かなくて困る。料理をしている間もカウンターに頬杖をついて、こちらを眺めている。

「お、お願いですから、座ってて下さい！　簡単な物なので、すぐに出来ますから！」

「分かった。じゃあ、座ってるね」

良かった、佳さんが大人しく座ってくれて。見られていると意識をしてしまい、作業が進まないから。

佳さんはダイニングテーブルに座ると、別の部屋から持って来たノートパソコンを開き出し、カチャカチャとタイピングの音を立て始めた。

カフェでも度々、仕事をしている姿を見かけたけれど、普段着で仕事をしている佳さんは新鮮に見える。ついつい見入ってしまいがちだ。

帰って来てからもお仕事があるのに、私は邪魔になっていないか心配になる。

しかし、聞いたら聞いたで佳さんが不快に思うかもしれないから、そっとしておくことにする。それに、お互いにわがままを言い合うと約束したのだから、二人で過ごす時間を大切にしたい。

「やっぱり、やーめた。明日にしよう」

オムレツを焼きながら見ていたことに気付いたのか、佳さんはパタンとノートパソコンを閉じた。

次にスマホを見ながら、メモ用紙に何かを書き写している。その間に何度か、ピコンとスマホの音が鳴った。この音はメッセージが届いた音かもしれない。

佳さんは溜め息をつき、返信をしているようだった。

「あーっ！　焦げちゃった！」

佳さんに気を取られていて、オムレツが少し焦げてしまった。

「理咲さん、俺のことを見過ぎだよ。視線が半端なくてドキドキしちゃった」

クスクスと笑っている佳さんは、私の視線に気付いていたらしい。そんなにも直視していたことに自分でも驚きを隠せない。辺りには、僅かに焦げ臭さが残った。


「いただきます」

些細なアクシデントはあったものの、やっと夕食の時間。

メニューはチーズオムレツ、コンソメスープ、佳さんのキッチンにあった丸くて小さなパンが二種類。

「俺が焦げてる方を食べるか、それとも作り直せば良かったのに……」

「私はこれで良いんです。食べられなくないから、捨ててしまうのも可哀想ですし、佳さんには綺麗に出来た方を召し上がって欲しいですし」

「貸して」

食べようとしてオムレツに切れ目を入れようとナイフを持ち上げた時に、佳さんが私のお皿を持ち上げた。

「半々にしよう。どちらも食感が違うから、二度楽しめるね」

佳さんは私に気を使い過ぎていると思う。手早く半分に切り分けて、互いのお皿に載っているオムレツと取り替えた。

「申し訳ありません、私が焦がしてしまったのに……」

「理咲さん、これからは他人行儀に謝るのはやめて。もっと自然に接してくれて構わないから」

「これからは気を付けます」

実家の父は焦げてしまった料理などは絶対に食べず、母がいつも食べていた。それを幼い頃から見ていた私は自分もそうするのが当たり前だと思っていて、佳さんが半分を引き受けてくれたことに驚いた。

愛情に飢えていると言いつつも、こんなにも愛情深い人は、なかなか居ないと確信する。

佳さんの嬉しそうに食べる姿を見ていると、私も嬉しい気持ちになり、ほんわかと心が温かくなる。

「チーズが溶け出して美味しかった。弁当もいつも美味しいけど、温かい食事は更に美味しさが増すね。毎日作って欲しい位だよ」

佳さんはパンをおかわりして、お腹が一杯の様子だ。

「料理教室に通った訳ではなく、母の受け売りしか作れませんが、それで良かったら、

「お願いします。それに……、店と違って理咲さんと二人きりだから、それも良い」

真っすぐに私を見て、サラリと赤面するようなことを言う佳さん。

本音を打ち明けてくれた後の佳さんは、直球過ぎて返答に困る時がある。

「ご、ご馳走様でした。片付けをして来ますね」

私は逃げるようにキッチンへとお皿を下げ始めると、佳さんもお皿を持ってついてきた。

「理咲さん、スマホで天気予報を調べたら今夜は雨が止まないらしいよ。時間も遅いし、明日の朝、ここから出勤しなよ」

そうだった、私は佳さん宅にお邪魔していただけで帰らなければいけなかった。時刻を確認すると既に二十二時を過ぎていて、雨も変わらず強めに降っている。

「同じ服で出勤するのは気が引ける……？」

「え、えっと……」

同じ服もそうだけれど、いきなり佳さんの自宅に泊まるのは気が引ける。

「帰るならば、今の時間から理咲さんを一人で自宅に帰らせる訳にはいかないから、一緒について行くつもり。そうすると俺は帰りが午前零時を過ぎるし、また雨に濡れるよなぁ……」

それはそれで、私も心が痛む。

私が簡単に流しただけの食器類を、佳さんが食器洗い乾燥機に入れる。返答をしないまま、食器が洗い終わった。

佳さんは無言のままに乾いた食器を取り出し、元の場所へと戻した。全ての後片付けが終わった時に、佳さんは私を後ろから抱きしめながら言った。

「本音を言うと……理咲さんがせっかく自宅に来てくれたから、まだ帰したくないんだ。さっきの行動からすると説得力がないかもしれないけれど、何もしないって誓います！　理咲さんが心配なら、俺はソファーで寝るからベッドを使って」

こんな時、なんて答えたら良いのだろう？

恥じらいはあるものの、私もまだ佳さんと一緒に居たい。恋愛経験値が零だから、こんな時にどう返事をしたら良いのかも分からない。

「あ、あの……」

ストレートに一緒に居たいと言おうとしても、言葉が声にならない。

私を抱きしめている佳さんの腕に、そっと両手を添えた。

「えっと……同じ服で出勤するのは嫌なので……、朝一で一旦帰ります。そ、それで良かったら……」

小さな声でゴニョゴニョと呟いたが佳さんは聞き取れただろうか？　顔全体が熱をもち、耳たぶにも火照りを感じる。

「それでも構わない、理咲さんが居てくれるなら」

火照っている耳たぶに、佳さんはチュッと軽く唇を触れさせる。

今日の今日まで触れ合いがなかっただけに、佳さんの積極的過ぎる行動に驚きを隠せない。本当に泊まって大丈夫なのだろうか……？

「それから、お泊まりセット。良く分からないままに選んだから大丈夫だと良いけどね」

佳さんから手渡された物は、歯ブラシと一泊分の無添加化粧水と乳液、メイク落とし と洗顔が入ったお泊まりセット。もしかして、これを買う為に出かけてくれたの？

「わざわざ買いに行ってくれたんですね。夜遅くにすみませんでした」

「別に気にしないで。ただ単にあった方が良いかな？　と思っただけだから」

マンションの近くにあるコンビニまで、お泊まりセットを買いに行かせてしまったらしい。

「あれ？　佳さんは初めから私を泊まらせるつもりでした？」

泊まることが決定したのは先程のことなのに、時系列がおかしいことに気がついた。

「さっきも言ったけど、もっと一緒に居て会話を楽しんだりしたかったから。先走った行動をしてごめん。好きな女性と一緒に居て下心が全くない訳じゃないけど、誓いは守るから」

「ふふっ、分かりました。佳さんを信じます」

照れながらも慌てふためく佳さんが可笑くて、私は思わず笑ってしまった。

佳さんの誓いにより別々に寝ることとなったが、私はなかなか寝付けずにいた。佳さんのベッドはダブルベッド位のサイズなので、大きくてそわそわする。

ここに佳さんがいつも寝ているのかと思うと、ドキドキして更に目が冴えてしまう。

落ち着かないのでお水をもらおうとキッチンに行くと、佳さんはまだ起きていた。

ソファーに横になりながら、僅かな灯りの中でスマホを見ていたようだ。

「寝付けないの？」

「……はい」

「そっか、俺も寝付けないから少しだけ話をしよう」

そう言うとソファーから起き上がり、私が借りている寝室のベッドまで一緒についてきた。

「雨は上がったかな？　上がってると良いなぁ」

そう言って窓際まで移動した佳さんは、寝室のカーテンを少しだけ開けて外を見た。

「いつの間にか、雨が止んだんだね。理咲さん、おいで」

少しだけ開いたカーテンを一旦閉じてから、私を手招きする。なんだろう？　と思いながら近付いた私にカーテンを開けるように命じた。そっとカーテンを開けると、そこには海が見えた。

「窓からの景色が気に入って、このマンションを選んだんだ。昼間なら、もっと綺麗に見えるよ。明日の朝、起きたら見てごらん。それから、建物内にバーもあるから、今度連れて行くよ」

「はい、楽しみにしてます」

私は窓から見える景色に目が釘付けになった。まるでリゾートホテルみたいな空間に心が躍る。

佳さんはベッドにゴロンと横たわると、私の手を引いて抱き寄せた。

「このまま話をしたい。もしかしたら、話をしている途中で眠れるかもしれない」

後ろから抱きしめられている形で、二人で寝転がっている。唐突に佳さんが身の上話を始めた。

「初めて食事をした時に人事の担当もしてるって言ったでしょ？　他にも、商品開発とかもしてる」

「佳さんの働いている会社は食品会社なんですか？」

「うん、まぁ、そんなものです。さっきのパンも、会社のものでいわゆる業務用」

「そうなんですね、美味しいパンでしたよ。そういえば、佳さんはお料理します？　玉ねぎとか色々とあったから……」

「あぁ、あれは……」

佳さんは言葉に詰まったらしく、会話が一旦途切れた。

「食品を扱うからと言って、上手に料理が出来る訳ではないから、冷蔵庫には気軽に使える材料しかない。恥ずかしながらマイブームなのは、ネットで見かけた簡単カフェ飯を自分で作ること」

「やっぱり、お料理するんですね。今度食べてみたいなぁ」

「美味しくないと思うよ？　料理をするきっかけは理咲さんの弁当だった。理咲さんの愛情たっぷりの弁当を食べるようになってからは、惣菜を買って帰るのも虚しかったし……。だから、料理を始めたのはごく最近なんだ。今日は、たまたま材料が残っていただけなんだよ」

私の作るお弁当がきっかけだったとは感慨深い。私の存在が少なからず、佳さんに影響を与えていたことを知り舞い上がってしまう。

昨日まで、佳さんが素っ気ないなどと悩んでいたのが嘘のようだ。心の闇は消え去り、晴れ間が見えた途端に更なる愛情が芽生えていた。

夜遅くまで話をしていて返答がなくなった佳さんは私を抱きしめながら、いつの間にか眠りについていた。

佳さんの寝顔を確認してから、私も瞼を閉じると安心してすぐに夢の世界へと落ちた。


「おはようございます、佳さん」

「おはよう」

私は佳さんよりも、先に起きて朝食を作っていた。

今日は遅番だから、佳さんと一緒に自宅を出ようと思う。

仕事の時間までに駅ビル内の手頃なショップで洋服を買って着替えることにした。

本当は自宅に戻って着替えをしたかったが、それよりも佳さんに朝食を作ってあげたかった。あんなにも私の料理を喜んでくれる人は居ないし、嬉しそうな顔をしている佳さんがもっと見たいから。

「朝、起きてから景色を堪能しました。朝日に照らされている海がキラキラ輝いて綺麗ですね」

「気に入ってもらえて良かった。朝食を用意してくれたんだ、ありがとう」

「簡単なものですけど」

ベーコンの残りがあったので、スクランブルエッグとサラダ、それから昨日も食べた業務用のパン。

「……理咲さん、ここ」

朝食を食べている時に、佳さんが自分の肩辺りを指でトントンと叩いた。

私は何も考えずに自分の肩を見たら、Tシャツの首元がズレ落ちて、鎖骨が丸見えだった。

「昨日から丸見えだった。どうしようかなってずっと思ってたけど、他の洋服も大きいだろうし、指摘したら帰ってしまうだろうな……って思ったから言わなかった」

「い、……意地悪ですね！」

私はTシャツの首元を元の位置に直したが、これはこれでどちらの鎖骨も見えていることになってしまった。今更ながら、恥ずかし過ぎる！

「実を言うと理性を保っているのが大変だった。しかも、理咲さんが凄く可愛くて、抑えきれずに暴走してごめん。とりあえず、謝っておくから」

佳さんは自分から話を振っておいて、赤面しながら目線を横にずらした。

私は開いた口が塞がらなかった。確かに佳さんは私に何度もキスをしたり、抱きしめてきたりしていたけれど、その行為は全て私が発端だと言いたいの？

暴走する程に求めたい気持ちが高まるということは、私のことを本気で好きでいてくれている？　と解釈して良いのかな？

「謝らなくて良いです。私も佳さんの温もりがあったからこそ、眠りにつけましたから……」

「そんなことを言われたら、帰したくなくなるな」

しれっとそんなことを言いのけた佳さん。私の心拍数は上がり続け、心臓がいくつあっても足りない。

私は何も答えずに朝食をモグモグと食べる。味なんて分からない。まともに佳さんを見ることが出来ないまま、食事を進めていた。

「理咲さん、そんなに急いで食べると喉に詰まるよ。それに頬に卵がついてる」

テーブル上に常駐しているプラスチックの入れ物に入ったウェットティッシュから

一枚取り出し、手を伸ばして私の頬を拭う。

は、恥ずかしい……！

「らしくないね、どうしたの？」

私の思いを知ってか知らずか問いかけてくる彼に、本当は全てが貴方の仕業だと言いたい！

「け、佳さんが……」

「俺が何？」

悪びれる様子もなくクスクスと笑っている。

「な、なんでもないです」

箍が外れた佳さんはとてつもなく甘くて意地悪だ。部屋を出る時にも、行ってらっしゃいのキスをされた。

私は顔が真っ赤なまま、佳さんと共に駅まで向かう。

男性とお付き合いをするということは、こんなにも一喜一憂して恥ずかしいことも経験するのだと悟った朝だった。

二、甘く甘く濃厚な時間

「お邪魔します……」

今日は佳さんのマンションに二回目のお泊まりをすることになった。前回のお泊まりから約三週間後。一度目とは違い、今回は自分の意思で訪れた。恐る恐る、玄関先で靴を脱ぐ。

ことの発端は、カフェの月シフトに土曜日の公休が入っていたので嬉しくなり、佳さんに電話をしたことだった。

佳さんは土日祝が基本的にお休みだが、私はサービス業の為に平日が主にお休みなので、一日中一緒に居たくて堪らなくなった。

テンションの高い私との電話口で、『泊まりにおいで。次の日は朝から出かけよう』と若干笑いながら返事をしてくれた佳さんだった。きっと、心躍らせ過ぎていると思ったに違いない。

約束した日は、仕事終わりに佳さんがカフェまで迎えに来てくれて泊まることになった。

食事は外で済ませて、デザート用にスイーツを購入。

高鳴る胸がうるさくて、佳さんの顔がまともに見られない。

「どうぞ。今、紅茶を淹れるから座って待ってて」

「わ、私がやりますから！　佳さんこそ、座って下さい！」

「じゃあ、一緒に用意しようか？」

佳さんにリビングのソファーに案内されたが、私だけ座っている訳にはいかない。

佳さんもお仕事で疲れているから、佳さんこそ休んでいて欲しいのにな。

「ダージリンとアールグレイ、どちらが良い？　それともウバでミルクティーにする？」

「私はどれも好きです。佳さんの今の気分はどの紅茶ですか？」

「俺はアールグレイかな？」

「ではアールグレイにしましょう。私もアールグレイ大好きです」

佳さんは棚から三種の紅茶を並べたが、その中の一つ、アールグレイを手に取り、蓋を開けて私に見せた。

「専門店に見に行った時に色々と茶葉を出してもらったけど、やっぱり、この香りが好きなんだ。柑橘系が爽やかでキツくない。この茶葉はどこで使ってるか分かる？」

「もしかして、私が働いているカフェのもの？」

「正解。専門店ではダージリンとウバを購入して、後日、カフェに寄った時にこれを購入した」

「そうなんですね、今度は私が購入して来ますね」

佳さんは私が働いているカフェのアールグレイの茶葉がお気に入りのようだ。だから、いつもティーポットを注文する時はアールグレイだったのか。

香りを楽しみながら、ティーポットに茶葉を入れて、沸かしたお湯を高い位置から注ぐ。高い位置から注ぐと茶葉が上手に回転して、紅茶の成分を抽出し美味しくなる仕組み。

紅茶を淹れた後、私達はキッチンからリビングへと移動した。

「佳さんはマカロンがお気に入りですよね」

「手で食べられるスイーツが良いと思って試しに買ってみたら、美味しかったから。ずっと聞きたかったけど、男がスイーツ好きって変？　もしかしたら、カフェでは笑われてる？」

マカロンを一口食べた後にお皿に戻して、心配そうに聞いてきた。

「誰も変だとも思ってないし、笑ったりもしてないですよ。スタッフの皆はクールな見た目とのギャップが良いって言ってます」

「俺がクール？　自分ではそんなことは思ったことがなかった。加賀谷にはいつも無愛想って言われるが……」

「世の中の女性にはクールでカッコイイ男性に見えてるってことですよ！」

佳さんは自分が素敵な男性だということに一ミリも気付いていない。

職場ではどんな感じなのだろうか？　女性には、私に接するみたいに優しいのかな？

「理咲さん、俺は職場では無愛想だから、全然モテないよ。逆に女性社員に嫌われてる。仕事のことで口うるさいから」

「えぇ!?　私が聞きたいこと、何故分かったんですか？」

「顔に書いてあったよ。理咲さんは表情豊かだから、嬉しいとか悲しいとか、すぐに分かるようになった」

佳さんは私の方を向き、頭をクシャクシャと撫でる。全てお見通しだと言われたみたいで恥ずかしい。

「そんな理咲さんが俺は可愛くて仕方がない」

突然に抱き着かれ、ギュウッとされる。

「……だから、今日は理性に歯止めが効かなくて、理咲さんを強引に抱くかもしれない。今、この瞬間にも触れたくて堪らない」

「け、佳さん……！　……んんっ、」

豹変したみたいに佳さんは私の首筋にキスをして、洋服に手をかけようとした。

「お、お風呂に入って……から、に……」

「お風呂に入ってからなら良いの？」

ニヤニヤしながら私に聞いてくる。

「と、とにかく、紅茶とスイーツを頂いてからにします！」

距離を詰めてくる佳さんを他所に、私は自分用の紅茶のシフォンケーキの一カットを半分に切り分ける。

佳さんにシフォンケーキの半分を取り分けて、自分でも口に運ぶ。

アールグレイの茶葉を使用しているシフォンケーキは、生クリームをトッピングしてあり、ふわふわで美味しい。

「シフォンケーキって、このふわふわが良いですよね」

「……自分で焼いたら、膨らまなくてまずかった」

その口ぶりからすると、佳さんは興味のあることには、すぐにチャレンジする方みたいだ。

「え？　佳さんがシフォンケーキを焼いてみたんですか？」

「……そう。翌日の朝食にも出来るかな？　と思ってね。プレーンのものなら焼けるかと思ったけど、そうそう甘くなかった。理咲さんは作ったことある？」

「ないですよ。今の自宅にはオーブン機能がないですし、実家のオーブンは使用不可でしたから」

「壊れてしまっていたの？」

「そうじゃないんですけど……。実家に住んでいた時は学生時代も勉強の毎日で、お菓子作りをしたくても、父に〝そんな暇があるなら、模試の点数を上げろ〟と言われていたので、作ることは叶いませんでした。母と姉達は楽しそうにお菓子作りや料理をしていましたが、私は交ざることもなく、勉強をしていたんです。しょうがないですよね、私は劣等生だったので……」

ポツリ、ポツリと私事を話し出す。大人になった今ですら、その事実に向き合えなくて全部は口に出せない。口に出したら自分がもっと惨めに感じてしまうから……。

「理咲さん……」

佳さんは困ったような、それでいて悲しそうな表情をして私を見る。つい話をしてしまったが、佳さんだってこんな話をされたら困るよね？　もうこれ以上は心の内にしまっておこう。

「辛かったね……」

佳さんは私の髪を撫で、自分の胸元に抱き寄せる。私は佳さんに抱き着き、胸元に顔を埋めた。規則正しい心臓の音が聞こえる。辛い事実をほんの僅かに話しただけでも、私の心は乱される。そんな私を温かく包み込んでくれる安心感。一緒に居る時間を重ねる度に佳さんの温もりが特別になった。

――私は三姉妹の末っ子だ。

大手都市銀行に勤めている父と、その銀行の元頭取の娘の母の元に産まれた私。既に亡くなっているが、元頭取の祖父が偉く父を気に入って、母とお見合い結婚をさせたと聞いている。

祖父の援護もあり、頭取まで上り詰めることが出来たらしい。

父は祖父母の建前から二人の前では優しい態度だった。だが、塾に通っても成績が平均から上がらなかった私は小学生時代から嫌われていた。

二人の姉は受験した名門中学を首席で入学出来る程に優秀だが、私は名門中学受験に失敗したのだった。

その頃に祖母が末期癌で亡くなり、後を追うように祖父もクモ膜下出血で亡くなってしまう。分け隔てなく可愛がってくれていた祖父母が相次いで亡くなり、私は途方にくれることになる。

受験に失敗後、お嬢様学校で知られる女子のみの中学校に入学した。

高校までストレートで進学出来るので安心して過ごしていたが、父からの罵声を浴びせられる毎日が続く。

『大学こそは、名門大学に入れるんだろうな？』

『塾に通っても成績が振るわないのは、お前が余程の馬鹿なのか、塾が役立たずの輩しか居ないのかどっちだ？』

『駄目人間め。男にも産まれず、成績も悪い奴が社会の役に立てると思うのか？　何の役にも立てないクズめ』

心が苦しくて泣きそうになった時の拠り所は母だった。

祖父母が亡くなってからは母だけが父から庇ってくれた。

母が昔話を聞かせてくれた時、父は真面目一筋だったと言う。

頭取まで上り詰めると人が変わったように、地位と名誉を気にし出したと。

優秀な娘達も自慢でしかなく、劣等生な私は厄介者だった。

父は息子が欲しかった為、私が産まれた時には正直ガッカリしたらしい。

三人目も女だとなると、落ち込み方も酷かったそうだ。無事に産まれてくれば、どちらでも良いと思うものだが、父は違っていた。

息子が欲しかったのは、義理の父から受け継いだ頭取の座を任せたかったからだ。

現在の世の中では女性の頭取も存在するが、父は古風な考えから、女性の頭取は認めないという風潮だった。

認めたくないのにもかかわらずに他人の評価が気になる人なので、男女問わずに私達には勉強は必要だと幼い頃から教えこまれた。

姉達は優秀だったが、結婚はしていない。

長女は大学病院で小児科医をしていて、次女は大手事務所所属の弁護士。

姉達にお付き合いをしている男性がいても、父が認めずに追い返してしまっていた。

父が勧めてくるお見合い結婚にも姉達は反発をしているが、父は彼女達が自慢出来る道を進んでいるので仕方なく断りを受理している。

私はと言うと……、一流大学も落ちてしまい、父からは益々、非難を浴びることとなった。

役立たずと罵られ、実家にも居づらくなった。

就職の際、その時は何故だか分からなかったのだが、受けた三社全部から採用通知が届く。

初めは自分の力で面接に受かったのだと疑わずに本命だった一社を選んで就職した。

就職した先では常に定時で帰してもらっていた為、まだ慣れないから気を使ってくれているのかな？　と思っていた。……がしかし、裏では『頭取のコネでしょ！　使えないよね、あの子！』と言われていたのを偶然に知ってしまう。

その時に初めて、今までのことが父の差し金だったことを知り、家族に相談もなしに会社を辞めた。

後々調べてみると、採用通知が届いたのは、どれも父の銀行と取引のある会社だった。

会社を辞めた私は、父から益々嫌われて実家を出ることになった。

唯一の心の支えだった母と連絡を取りながら、一人で暮らしていこうと決意したのだった……。

「俺も父とは確執がある。以前に少し話したけれど……、父は兄ばかりに期待をし、可愛がっていた。俺は父に気に入られたくて必死に勉強した。だけど、テストで満点を取っても、一流大学に入学しても、兄にしか目が行ってなかったんだ。卒業後に働くようになったけれど、未だに父は兄を気にしている」

佳さんには佳さんの心の闇がある。それはきっと、大人になった今でもトラウマになる程に心の奥底に潜んでいる。

「理咲さんは期待で押し潰されそうになったかもしれないけど、俺はその逆で期待なんかは一切されなかった」

ゆっくりと優しく髪を撫でながら話す佳さんは微笑みを浮かべたけれど、どこか寂しげだった。

「それはそれで辛くて、自暴自棄になりそうだった時、理咲さんに会えたんだよ。お互いに抱えてるものがあると思うけど、少しずつ感情を吐き出しながら、これからも寄り添っていけたら良いな、と思ってるよ」

佳さんは少しだけ声が震えていたように思えた。佳さん自身も辛い事実を抱えて生きている。

「佳さん……、ありが……と、ござい……ます」

私は佳さんの優しさを前にして、涙がポロポロと零れてくる。

この人を好きになって良かった。私も佳さんの支えになりたい。お互いに理解し合って行く中で、心の闇を消化していけたら良い。佳さんなら、私と父の確執も緩和してくれるのではないか？　と思う。

「理咲さん、泣かないで」

佳さんは私の両頬に両手で触れて、顔を上げさせた。

指先で涙を拭い、額にキスを落とし、頬にもキスをしてから、唇をそっと重ねた。

「明日、どこに行こうか？」

泣いている子供をあやすように話題を変える佳さん。

「佳さんとなら、どこでも良いです。でも、強いて言うならば……」

「強いて言うなら？」

「佳さんを見せびらかしたいです。こんな素敵な人が私とお付き合いしてるんですよ、って」

初めて佳さんと一緒に食事をした日は、釣り合わないと思われているようで、周りの目が怖かった。……けれども、今は佳さんを見せびらかしたくて仕方ない。

佳さんは私に新しい世界を見せてくれる人。

佳さんからの愛情も日増しに感じ取れるから、もう何も怖くない。

「それは……、行きたい場所じゃないでしょ？　だったら、俺も理咲さんを見せびらかしたい」

ギュウッと抱き着いてくる佳さんが可愛い。

「でも、やっぱり止めとく。だって可愛い瞳も、鼻も、唇も全てが俺のものだから」

佳さんは目元、鼻、唇の順番にキスを落としていく。私はくすぐったさを感じて、身を縮める。

「他の奴に理咲さんの良さを広めたら、ライバルが出来て盗られかねないから。俺より良い男なんて五万と居るよ」

「い、いませんよ、佳さんよりも良い方なんて！　私は佳さんじゃなきゃ嫌なんです」

「そう言ってくれるのは理咲さんだけだよ」

コツンと額同士をつけた佳さん。目線の先に佳さんの瞳がある。視線がぶつかった時、恥ずかしくて顔を逸らそうとしたが、耳元に手を添えられて捕らえられた。ゆっくりと顔が近付いて来たので、目を閉じようとしたのだが、佳さんはキスをしなかった。

「そろそろ、お風呂に入ろうか？」

「はい、そうします」

拍子抜けしてしまって、目をパチパチと瞬きする。一気に恋の魔法が解けたみたいに肩を落とした。ついつい佳さんにキスをされると思い、身構えていた自分が恥ずかしい。

「……っん、」

その直後、シュンとしている私の唇が塞がれた。

「お楽しみは後に取っておこうかと思って止めたんだけど、理咲さんが物欲しそうな顔してたから」

「わ、私、そんな顔してましたか？」

「さぁね？」

佳さんは私をからかうように意地悪そうにクスクスと笑っている。

それぞれにお風呂に入ってから、今はソファーでのんびりタイム。

『一緒に入る？』と聞かれたが、丁重にお断りした。想像しただけでも恥ずかしいし、身だしなみの最終チェックもしたいので無理。

今日こそはきっと、佳さんと大人の関係になるに違いない。恥じらいつつも、そういう流れを想定してしまう。

「明日は出かけるから、もう寝ようか」

行きたい場所を二人で相談していたら、あっという間に時刻は二十三時過ぎ。佳さんは立ち上がり、スマホを充電器にさして、テーブルに置いた。

「私も充電しちゃいますね」

佳さんは私を待っている間に再びソファーに座り、私も充電器をセットしてから隣に座った。

「もう寝る前に他にすることない？　大丈夫？」

「……？　はい、大丈夫です」

横目で見てくる佳さんにドキドキしちゃう。覚悟は出来ているけれど、緊張して身体は強ばっている。いよいよか、と思った瞬間に身体がフワッと浮いた。

「け、佳さん……!?」

「理咲さん、軽過ぎ」

佳さんは私を軽くお姫様抱っこをして寝室に連れて行く。

「まだ寝ないでね、理咲さん」

私はベッドにそっと降ろされたが、座ったままの体勢で居た。自分から横になるのも変なので、じっとして動かない。

「嫌だったり、怖かったら言ってもらって構わない。ただ、理咲さんが受け入れてくれる時は……最後までしたい」

佳さんは真剣な趣きで、私に語りかける。

薄暗い部屋の中、私の頬が熱くなっていく。鼓動が速くて、目も泳いでしまう。

「理咲さん、好きだよ」

「わ、私もっ、……好きです」

佳さんは唇を重ねながら、ゆっくりと私を押し倒した。

次第に口内を侵食するように深くなっていくキスに翻弄される。

息がしづらいけれど、嫌じゃなかった。

ルームウェアを脱がされ、下着だけの姿になる。佳さんもルームウェアの上着を床に脱ぎ捨てる。スーツを着ている時は分からないが、痩せ型だけれども結構、筋肉質みたいだ。

トクン……トクン……と更に鼓動が速まるが、されるがままに身を任せる。

佳さんの指が、舌が、私に初めての甘美な時間を与える。時々、自分の口から漏れる声が恥ずかしくて唇を噛む。

「理咲さんの肌、透き通るように真っ白。凄く綺麗だよ」

好きな人と肌が触れ合うことがこんなにも気持ちが良く、安心出来ることも初めて知った。

「……大丈夫？　痛くない？」

「……っ、だ、大丈夫です」

佳さんは私が初めての経験だと知っているので確認しながら、ゆっくりと丁寧に触れる。

初めは痛みも感じたが、もっとして欲しいような、下半身の奥が疼くような変な感じ。

「理咲さん、可愛過ぎて、もう限界……」

先程までは余裕たっぷりに私にキスをしたり、触れていたのだが、何故だか段々と焦り始めたように見えた。

「ゆっくりするけど、耐えられなかったら、すぐに言って……」

「……っひぁ、」

佳さんと一つになれた瞬間、腰がうねる。痛いのを我慢するように佳さんの背中にしがみつく。

「辛い……？　止め、ようか？」

中断しようとする佳さんに、「や……め、ないで。わた、し……佳さんと、こうなれて……嬉しい……から……」と咄嗟に言葉に出してしまった。

話には聞いていたけれど、初めては本当に痛い。気を紛らわすように佳さんの顔を見ていた。佳さんと一つになれたことに喜びを感じる。

下から見上げる佳さんは、吐息が荒くて艶っぽい。普段はクールな佳さんも、余裕のないような、こんなにも苦しそうな表情をするんだ。

「理咲さん……、理咲、……愛してる」

佳さんは荒々しくキスをして、私の口を塞ぐ。

静かな部屋に響く卑猥な音が耳に入るが、恥ずかしさも忘れる程に佳さんとのキスに夢中になった。

何度も何度もキスを繰り返す内に、痛みもほぐれてきて、少しずつ違う感覚が芽生える。

痛みが快感に変わってきたのか、甘美な感覚が増していく。

佳さんに沢山愛された後は、腕枕をしてもらって眠りについた。

「理咲、おはよう。梅雨の中休みらしく、今日は晴れだよ」

カーテンの隙間から光が溢れてくる。陽射しの眩しさで目覚めた。

「お、おはようございます……」

隣には佳さんが横になっていて、私が起きるのを待っていたかのようだった。

昨晩のことが走馬灯のように蘇る。

ついに佳さんと大人の関係になったんだ。佳さんの吐息や仕草が頭の中から離れない。

思い出せば思い出す程、恥ずかしいことなのに、佳さんが初めての人で良かったと幸せを嚙み締める。

「身体、大丈夫そう？　痛くない？」

「……はい、大丈夫そうです」

佳さんは私の顔を覗こうとするから、思わず布団で顔を隠した。

まともに佳さんの顔が見られない。

「理咲……？　りーさー？」

佳さんは昨晩の夜から、私のことを呼び捨てに呼ぶようになった。

お付き合いしている人に呼び捨てで呼ばれるのは、こんなにも嬉しくもあり、くすぐったくて恥ずかしい。

「先に起きてるよ。紅茶とコーヒー、どちらが良い？」

「……紅茶が良いです」

「うん、分かった。紅茶を淹れておくから」

布団から私の頭の先が出ていたので、クシャクシャと撫でてから、佳さんは寝室を出て行った。

私はゆっくりと身体を起こした。身体が少し重だるい感じはするけれど、下半身に違和感はなかった。

起きても痛みが続いていたら出かけられないと思っていたので、心底、安心した。

佳さんと一日中お出かけ出来る日なんて、そうそうないから。今日一日を大切にしたい。

「理咲、冷凍のスコーンだけど食べる？」

「ありがとうございます、いただきます」

私は洗顔したり、身支度をそれなりに調えてから佳さんの居るリビングに向かった。

「お取り寄せのスコーンだから美味しいと思う」

カチャ、とゆっくりとテーブルにスコーンの載ったお皿を佳さんが並べる。お皿の端には、ストロベリーとブルーベリーのジャムが添えてあった。その後に紅茶を淹れてくれて、スコーンと紅茶のふんわりした良い香りが漂う。

「理咲、座って」

「ありがとうございます。朝食まで用意して頂いてすみません……」

「そんなこと良いから、食べよう」

「ふふっ、モーニングのカフェに居るみたいですね」

幸せを感じながら、紅茶を口に含む。今日の朝はダージリンだ。

「そういえば、行き先は決まった？」

「はい。何となく良さそうな場所はリサーチしました。ここなんですけど……」

佳さんにスマホで調べたサイトを見せる。

「あ、俺もここは気になってたんだ」

「佳さんも同じ所を調べていたんですね」

「一度行ってみたいと思っていたが、アフタヌーンティーを楽しむのには加賀谷と男二人では敷居が高過ぎる。理咲と行くのが一番の選択肢だと思ったから……」

前日、佳さんと私はスマホで同じように、新規オープンの高級ホテルのラウンジを調べていた。

私達は考えていることが同じだったので、クスクスと笑い合った。

まだ席に空きがあり、即座に予約を入れた。残り一席だったので、何とか間に合って良かった。

新しくオープンした高級ホテルのラウンジでは、ランチの他にアフタヌーンティーが楽しめる。

「十二時丁度に予約出来たから、朝食が済んだら早めに出かけようか？」

「はい、楽しみですね、アフタヌーンティー」

私達は朝食後に身支度を調えて、電車を乗り継いで高級ホテルに向かった。

マンションの外に出ると佳さんが言っていた通り、梅雨の中休みで外は晴れ晴れとしていた。天気予報では今日は一日中、雨が降らないらしく、蒸し蒸しと暑くなるようだ。

佳さんの普段着は、カジュアルなのにスマートで素敵。隣に居るだけでドキドキしてしまう。

電車を降りてからは、徒歩で高級ホテルへと向かう。

佳さんは自然に手を繋いでくれたので、私もそれに応じる。

新規オープンした高級ホテルは広々かつ堂々と建っていて、凛とした美しい佇まいに目を奪われた。

「和紅茶、とても美味しいですね」

「柔らかくて甘みのある味がする……」

庭園を眺めながら楽しめるアフタヌーンティーに心を躍らせる。

このホテルのアフタヌーンティーは、和テイストがメインだ。

小豆や抹茶を使ったケーキやカステラ、和牛や国産野菜を使ったサンドイッチなど、何種類も楽しめる。

「ここものんびりとした時間が過ごせて良い場所ですね。庭園も素敵ですし……」

「理咲が働いているカフェも癒されて好きだけど、日本庭園も癒されるな」

窓際のテーブル席から眺める日本庭園には滝があり、滝の水しぶきが微かに聞こえてくる。

佳さんとのお出かけに相応しい素敵な場所で良かった。

「最近、カフェに凝ってるのもあるけど、仕事でカフェを経営しようかと計画しているから、色々と調べていたりもする」

「え？　佳さんが独立して経営するってことですか？」

「……んー、そういう訳じゃなくて、社内での企画案だよ。まだ企画案であって、取締役会とかで承認された訳じゃない」

「そうなんですね。いつか、その案が通ったら、是非ともお伺いしたいです！」

佳さんは私のカフェに毎日のように来てくれるし、他のカフェにも連れて行ってくれる。

仕事目線もあったのかもしれないが、本当にカフェ好きなのだと思う。限定スイーツを気にしているし、カフェの話をしている時は嬉しそうで童心に返ったみたいに目が輝いているように見える。

「佳さんが企画すれば、必ず通りますよ。佳さんは誰よりもカフェが好きですもんね」

「だと良いけど。なかなかね、手強い人も居るんだよ。今はまだ企画案の段階でどうなるか分からないけど、具体的なプランが見えてきたら理咲にも手伝って欲しいな」

「わ、私がですか……？」

「うちの会社、長年働いている人は怖い人ばっかりだから……」

「こ、怖い人……!?」

「そうだよ、怖いおじさんばっかりだから。理咲みたいな、ほんわかしてる人に手伝って欲しい。理咲が来てくれたら、企画営業部は明るい職場になりそうだよ」

私、佳さんにほんわかした人に見られているんだ？　怖いおじさんって、うちの父みたいな人だとしたら嫌だなぁ。

「俺は企画営業もしているけれど、主に人事担当だから、理咲が良いならカフェから引き抜きたい」

佳さんがこんな話をしてくることはないので、冗談でないことは充分、承知だ。だが、就職試験の時のこともあるし、コネで入るのは止めたい。

「わ、私は……」

佳さんの真剣な眼差しに負けそうだが、私には飛び込んで行く勇気はない。

「急に言われても嫌だよな？　企画案が通った時に改めて話をさせて。その時に会社の案内と雇用契約内容を提示させて欲しい」

「……はい。あ、あのっ……！」

「何？」

「も、もしも……、お仕事断ったら佳さんとのお付き合いは終わってしまいます……か？」

コネ入社の会社を蹴って父と関係が更に悪くなった過去がある為、私は佳さんの提案を断るのが怖くなった。私の質問を聞いた佳さんは目を丸くして、驚いたような顔をした。

「そんなことがある訳ないだろ？　寧ろ、理咲が俺の奥さんになってくれたら、俺が抱えている問題が全てクリアになるから。仕事よりも先にそっちの話を進めて行きたい」

佳さんはサラッと凄いことを言葉に出した。

仕事のことよりも衝撃的な一言が、私の思考回路を停止させる。

「仕事のこととか、家族のこととか、色々あって。一つずつ整理していくから、待っててくれないか？」

キリッとした真剣な表情で私の顔を見ながら話をする佳さんに、私は目が釘付けになる。

「わ、……私が……佳さんの……奥さんになっても……良いのでしょうか？」

咄嗟のことに感情が追いつかずに、絞り出すような声で気持ちを放つ。喜ばしいことなのに、頭の中がフリーズしそう。佳さんがそこまで私との関係性を深く考えてくれていたなんて、夢のようだ。

「俺は理咲が良いんだよ。理咲も俺を選んでくれたら嬉しい」

喜ばしい一言に感極まって、目尻が涙で潤う。先程までの真剣な表情を崩し、柔らかい微笑みを浮かべる佳さんに心拍数が加速した。私は常に佳さんの甘さと一言一句に翻弄されて、骨抜きにされてしまっている。嬉しさで胸がいっぱいだ。

「はい、喜んでお受けします」

しかし、こんな時にも父の顔がチラつくのは、どうしてだろう？

本当に佳さんと結婚まで辿り着いた時に父はどうするのだろうか？　私をまた侮辱するのか、『こんな娘はくれてやる』と言うのか――

「この後はどうしようか？」

「暑くなってきましたので、涼しい所が良いですね」

アフタヌーンティーを楽しんだ私達は、建物の外に出た瞬間に急激な暑さを感じた。

「夜は予約してあるから、それまでの時間を過ごせる場所」

「予約して下さったのですか？」

「十九時にね」

今日は丸一日と言って良い程、佳さんと外でデート出来るんだなぁ……。

「私、他にも行ってみたい所があったんです！　でも、子供っぽいって笑われちゃうかなぁ……」

「どこ？　笑わないから言ってみて」

「……プラネタリウム」

幼い頃、母に姉妹三人で連れて行ってもらったプラネタリウム。私は母と姉二人の真ん中に座り、天井を見上げた時に小さな身体が吸い込まれそうになったことを未だに鮮明に覚えている。

その時から星に興味を持ち、小学校の休み時間には宇宙の図鑑などを夢中で眺めていた。

星から宇宙へと関心を持ち、見知らぬ世界が日々の父との確執をまるで緩和してくれたかのようだった。いつの日か、同級生の男の子に「女のくせに、なんでそんなの読んでるんだ？」と馬鹿にされて、それからは眺めることを止めてしまった。ほんの些細なきっかけが子供時代にはトラウマになる。

いつの日か、夜空一面に輝く本物の星空を見たいという願いは心の奥底に隠し持っている。

「いいよ、行こう」

佳さんはグイッと私の手を引き、駅まで向かう。

「プラネタリウムなんて子供の頃に行ったきりだけど……、大人向けのものもあるらしいね」

「寝そべって見られる二人用のシートもあるらしいですね。寝ながら見上げる星空って綺麗なんだろうなぁ」

「あー……、これね。分かった」

佳さんは片手でスマホを操作して、プラネタリウムのサイトを確認していた。

プラネタリウムまで辿り着くと、土曜日だからか、賑わいが凄まじい。

「二人用のシートは次の回で予約出来たから、それまでショップでも見ようか？」

「え……？　二人用のシート？」

「理咲は二人用のカップルシートで見たかったんでしょ？」

「け、佳さんと寝ながら見るの？」

「そうだよ」

佳さんと一緒に寝ながら見るのってどうなんだろう？　今からドキドキして、動揺を隠せない。

「大丈夫だよ、暗いからって理咲にいやらしいことはしないから安心してよ」

私がドキドキしていると、佳さんが耳打ちしてきた。囁くような声が昨日のことを思い出させ、顔が火照る。

「……け、佳さんの馬鹿っ！」

「ははっ、意識し過ぎだよ、理咲」

佳さんが、はにかみながら笑った。

プラネタリウムを見た後にショッピングを楽しみ、佳さんが予約をしてくれたレストランに向かった。

プラネタリウムの二人用のシートはふわふわで、とても寝心地が良かった。

寝転がった後に、佳さんとそっと手を繋ぐ。

満天の星空が広がり、全身が星空に吸い込まれたようだった。

大人になってからのプラネタリウムは子供の頃よりも感動が大きい。想像以上に綺麗で、星にまつわる物語の解説にもとても惹き込まれた。

「今日は楽しかったね」

「はい、私も」

カチン、とシャンパングラス同士がぶつかる。佳さんがシャンパンのボトルを注文し、私も少しだけ頂くことにした。

「夜景が綺麗ですね……！」

「夜景が綺麗で、カジュアルでも入れて、美味しいレストランを調べたらここだった。理咲も初めてで良かった」

佳さんが予約してくれたレストランは美しい夜景が見られる場所。夜景を楽しみながら食事をする為に照明を少しだけ絞っている店内は、落ち着いた雰囲気で客層はカップルが多い。

バーカウンターには様々なリキュールが並べられていて、興味深い。佳さんも私も初めての場所だが、一瞬で気に入った。

「大人になってからも、こんな素敵な場所で食事をする経験はあまりなかったです」

「理咲はどちらかと言えば、カフェに行きそうなタイプだね」

「はい、カフェはゆっくりとした時間を過ごせるので大好きなんです。何度か、ダイニングバーとかにはお付き合いで行きましたが、一人ではなかなか行かないですからね」

職場の人や学生時代からの友人との付き合いもあり、何度かダイニングバーや本格的なバーは連れて行かれた経験もある。

「そうなんだ。理咲も合コンとかに参加してたの？」

「人数合わせみたいなものでしたけど、何度かは行きました」

「ふぅん、そうなんだ」

私の答えを聞いた佳さんの顔付きが少しだけ強ばり、素っ気なさを感じるように見えた。

学生時代に同級生に食事に誘われたりした時に男性も同席していたことは何度かあった。きっと、これが合コンだったのだろうと思い、そう答えたのだけれど、まずかったかな？

「でも、私はその場の雰囲気に慣れなくて、一次会で常に帰宅するようにしてました」

不穏な空気が流れそうな予感がしたので、補足した。

「そっか。理咲と一緒にお互い初めての場所に沢山行きたいな、と思ってる。理咲とはこれからも一緒に居たいし、二人しか知らない場所を増やしていきたい」

佳さんはそう言いながら、照れくさいのか、グラスに注いであるシャンパンを一気に飲み干した。佳さんは普段は加賀谷さんが言うように表情を変えない時もあるけれど、意外とシャイな部分を持ち合わせているような気がする。それでいて、甘い時はとてつもなく甘い。

佳さんのシャンパングラスが空になったことに気がついた店員さんが、シャンパンを注ぐ。

「私も佳さんと一緒に色んな場所にお出かけしたいです。二人しか知らない場所って、ワクワクしちゃいますね」

「二人しか知らない場所って、理咲は秘密基地っぽい想像してるんだろうけど」

「違うんですか？」

佳さんにとっては私の考えなど、お見通しだ。

「俺が言ってるのは、理咲が誰とも行ったことがない場所に連れて行きたいっていう、嫉妬丸出しな考え方ね……」

「……？　その心配はありませんよ。誰ともお付き合いしたこともありませんし、お友達も少ないですから、一緒に行ったお店は数える程しか……」

佳さんが初めてのお付き合いした人だし、お友達も少ないから外出も少ない。

「そうじゃなくて、他の男と一緒に行った店とかは、嫉妬するから無理って話」

「あ、そういうことですね。分かりました。でも男性と二人きりとかはないですよ」

「あー……、それなら良いんだ。ごめん、今の話は忘れて」

珍しく、佳さんの顔が真っ赤だ。お酒を飲んでいるせいもあるのだろうか？

話からすると、佳さんは知らない誰かに嫉妬していることが推定される。男性と二人きりのお食事などは一度もなく、佳さんが嫉妬する程、私はモテることなどないのに。佳さんは心配性だなぁ。

「私の方が嫉妬しちゃいますよ、佳さん」

オードブルを食べながら、佳さんをじっと見つめながらに言う。

「佳さんがモテることは安易に想像出来ますけど、私には佳さんしか居ないので聞きたくないから聞きません。過去にお付き合いした方が居たとしても、耳に入ってしまったら……嫉妬しちゃうので知りたくないです。だって、私にしてくれてるみたいに優しくしてるんだって思ったら、それ以上にもっとして欲しいって欲が出ちゃいますから。だから、気にしないことにしますよ」

「それはない。付き合った女は、理咲みたいに純粋な気持ちで一緒に居た訳じゃない。それに理咲みたいに愛情深い訳じゃないから、以前の俺みたいに素っ気なく接してただけだ」

佳さんの表情が曇りがちで、低いトーンで返答された。

私、佳さんのことを怒らせてしまったかな……？

オードブルのお皿が下がり、スープとパンが届けられた。会話がなくなり、無言でスープを飲んでいると佳さんが口を開いた。

「理咲、明日は何時から出勤？」

「休みの次の日は基本、遅番だから十三時です」

「……そう。じゃあ、今日も泊まって」

先程までの空気感からは、思いもよらない彼の言葉に驚く。佳さんには恥ずかしくて言ってなかったけれど遅番だと分かっていたので、予め二日分のお泊まりの準備はしていた。

私は小さく、「……はい」と返事をした。

締めのデザートと紅茶まで楽しんだ後は、佳さんのマンションに帰る。

帰宅後は先にお風呂に入り、ソファーで佳さんがお風呂から上がるのを待っていた。

佳さんがお風呂から上がると「今日、してなかったから……」と言い、唇を重ねる。

一緒のお休みは、甘く甘く濃厚な時間にて幕を閉じた。

三、新しい命

本日、七月二十七日は佳さんの誕生日だ。佳さんは二十九歳になり、私とは三学年離れている。

クールだからか冬生まれのイメージがあるけれど、夏生まれの佳さん。

佳さんは真夏だと言うのに、いつも涼しい顔をして過ごしている。

夏生まれだから、暑さに強いのかな？

「ただいま」

「……っわぁ、け、佳さん！　おかえりなさい！」

佳さんの誕生日を知ってから、綿密に計画を練ってきた私。職場に希望休を出し、昼間から誕生日の準備をしている。二回目にお泊まりしてから約一ヶ月が経ち、仕事帰りに頻繁に訪れるのも恒例行事。

平日なので佳さんがお仕事に行っている間、マンションの部屋を借りて料理をしていた。

佳さんが帰って来る頃に合わせて、パスタの味付け中。その時に佳さんが突然現れたので驚く。料理に夢中になっていて、全く気付かなかった……！

「凄いご馳走だね。ありがとう」

「キッチンをお借りして、少しずつ、沢山の種類を食べられたら良いなって思って作ってみました」

ローストビーフ、アボカドと海老のサラダ、トマトとバジルの冷製パスタ、ビシソワーズなど真夏なので冷たくて栄養があり、食欲が出そうな物を手作りした。

「佳さんが好きなアールグレイのシフォンケーキも焼いてみたのですが……、お店みたいにふわふわとはいきませんでした」

「気持ちだけで充分嬉しいから。楽しみにしてるよ」

オーブンを使う料理はほぼ作ったことがなかったのだが、今日までに沢山レシピを調べて、良さげな物を忠実に再現してみた。

初めてながらも、ローストビーフは上手く出来たと自画自賛している。

「せっかくだから、先に夕食にしたいのだけど……」

「はい、準備はほぼ完成しました。パスタを盛り付けますね」

佳さんのスーツの上着を受け取り、ハンガーにかける。

私はこのやり取りが気に入っている。何故なら、佳さんの奥さんになったみたいに思えるからだ。

「佳さん、お誕生日おめでとうございます。これはささやかながら、プレゼントです」

食事の準備が整い、お互いに椅子に座った時に佳さんにプレゼントを渡す。

「開けて良い？」

「どうぞ。本当にささやかですみません」

佳さんが包装紙を丁寧に開けて、箱の蓋を開ける。

「ありがとう、いつもネクタイが同じになりがちだから理咲が選んでくれて良かった」

プレゼントの中身は、ネクタイを二本とネクタイピンだ。

料理にもお金をかけたので、プレゼントに使える金額ギリギリまでの物。恥ずかしい話だが、一人暮らしをしている為に生活に余裕がない。それでも、佳さんの誕生日は盛大に祝いたくて、自分なりに頑張った。

佳さんが喜んでくれて良かった、と心底思う。色合いや柄が気に入らなかったらどうしようと不安だったが、一安心。

「今年の誕生日は理咲に祝ってもらえて良かったよ。いつもなら一人か、加賀谷が同情して祝ってくれるだけだから」

佳さんは料理と白ワインを楽しみながら、加賀谷さんの話をする。

「加賀谷さんとはどんなお誕生日会をするんですか？」

「誕生日会と言う程のものではないよ。ただ単に独り身だから、飲みに付き合ってくれるだけ」

「本当に仲が良いんですね」

佳さんと加賀谷さんは高校からの同級生らしいけれど、本当に仲が良くて羨ましい。

私なんて、そこまで仲の良い友人なんて存在しないから。

先生や友人には恵まれていたが、父が頭取だと知って近付いて来る人がほとんどだった。その中で本当に私のことを理解してくれる人や友人なんて数人しか居ない。ましてや、頭取の娘と言うだけで嫌われるパターンもあった。

私も、加賀谷さんみたいに自分のことを大切にしてくれる親友が欲しい。

大人になってしまったから無理かな？

「クラスが違うにせよ、出会った当初はライバルだったから仲が悪かったんだ。しかし、あることがきっかけで仲が良くなった」

佳さんの話を聞いた限りでは、男子校だった二人は成績トップを争う仲だったらしい。

「あること……？」

「そう、実は俺達はカナヅチだから泳げないんだ。二年になってクラスが同じになった俺達は、水泳の授業でお互いにカナヅチだと知って大笑いして仲良くなった。仲良くなるのなんて一瞬で、そんな下らないやり取りがきっかけなんだよ」

「二人にそんなエピソードがあったなんて意外ですね」

私は意外な事実に驚きつつも、クスクスと笑う彼に感化されて共に笑った。

少しずつ、佳さんのことが知れて嬉しい。私は学生時代の話を聞けただけで幸せになれる。

佳さんのことをもっと知りたい。自分からは聞けないけれど、こうやって少しずつ、お互いを知っていけたら良いなと思う。

「理咲の学生時代はどんな感じだった？　俺は男子校だったけど、理咲は女子校なんでしょ？」

「はい、女子校でした。女子のみなので、恋愛感情とかはないにしても憧れの先輩とか同級生とかも居ましたよ。お近付きになれなかったので、俗に言う高嶺の花でしたが……。私は極々普通の目立たない感じでした。私立の女子校なので、家柄の良いお嬢様も多くて私なんかは埋もれちゃってました」

「男子校はむさ苦しいけど、女子校は華やかなイメージがあるよね。理咲みたいに可愛い人が埋もれちゃうって想像出来ない」

「そんなことを思ってくれているのは、佳さんしか居ないですよ。成績が優秀かつ美人さんが沢山居ましたから」

私は学生時代が平穏に過ぎていけば良いな、といつも思っていた。

どんなに努力をしても成績が優秀になる訳でもなく、『頭取の娘のくせに頭が悪いのね』と陰口を叩かれていたのも知っている。

その上、スポーツも得意ではなく、唯一、好きだったのが家庭科、音楽、美術だった。

父が銀行の頭取ではなく、地位と名誉を気にしない人ならば、私は今頃、どんな人生を過ごしていただろうか？

友人と仲良くなるきっかけが、下らないやり取りだと佳さんは言っていたけれど、私にはそんなやり取りをする友人なんて出来なかったな。友人達が穏やかなせいか、私が生真面目過ぎたせいなのか。

学生時代、私も様々な視点から一歩先まで踏み込むことが出来ていたならば、何かが変わっていたかもしれない。

「そういえば佳さんは大学卒業後からずっと同じ会社で働いているんですか？」

「そうだよ」

「長く働いているって凄いことですよね」

「長いって言っても、卒業後からだから六、七年位だよ？」

「六、七年って長いですよ。長く働きたいと思うということは、とても良い会社なんですね」

私は大学卒業後、会社勤めをしていたが長くは続かなかった。

どこまでも父の幻影がまとわりつき、上手くはいかないのだ。

「とても良い会社かは断言出来ないけど、働きやすい環境を整えようとは思っている。人事担当として、ね。でも、古臭い考え方の上層部を動かすのはなかなか難しく、ストレスが溜まる」

「やっぱり会社勤めは大変ですよね」

「確かに大変な時もあるよね。だから……」

佳さんは食事を楽しみながら、私をチラリ、と見る。

「理咲が癒してくれたら、それでまた頑張れるよ」

ふと見せる、佳さんの微笑みに弱い私。目元は笑っているのに、あまり口は開けずに口角を上げて微笑む。何とも言えない色気が漂い、私を虜にする。普段からクールで、あまり表情を変えない佳さんが微笑む度にドキッと胸が高鳴った。

「癒し、ですか……？」

「理咲と一緒に居るだけで癒されるんだ。今日は俺の為に尽くしてくれてありがとう。理咲の手料理、本当に美味しかった」

「佳さんに喜んでもらえて本当に良かったです。作った甲斐がありました」

沢山作り過ぎたかな？　とも思ったけれど、佳さんはテーブル上の料理は全て完食してくれた。

「ローストビーフやスープはまだありますから、宜しければ明日も召し上がって下さい」

「明日の朝、サンドイッチにして食べるよ。理咲がまた作ってくれたら嬉しいなぁ」

「良いですよ。明日の朝、サンドイッチにして食べましょう。私、片付けしちゃうので、佳さんは先にお風呂入って下さいね」

食事を済ませ、私は片付けに専念する。

「俺も手伝うよ」

佳さんも食器を下げて、食器洗い乾燥機の中に放り込む。

食器洗い乾燥機が洗い上げるのを待っていた私を後ろから抱きしめる佳さん。

「後は私が片付けておくので大丈夫ですよ」

「いいよ、そのままで。それより、今日は一緒に入ろう」

「や、嫌です！　恥ずかしいから……！」

食器洗い乾燥機に入った食器が洗い上がり、私の返答をかき消すようにアラームが鳴る。

「今日は俺の誕生日なのに……？」

「……っう、それを言ったら卑怯ですよ、佳さん！」

「理咲を独り占めしたい」

「い、今もしてるじゃないで、……っん、」

佳さんは抱きしめている腕を私から離し、無理矢理に私の唇を奪う。

「理咲が素直に一緒に風呂に入るって言うまで、ここでキスするから。もしかしたら、それ以上になるかもしれないけど……」

「わ、分かりました……！　分かりましたけど、恥ずかしいから先に入って待ってますね！」

「理咲は素直で良い子だね」

「け、佳さんの……馬鹿っ！」

佳さんの策略に嵌ってしまった私は、渋々、一緒にお風呂に入ることになった。

恥ずかしいので先に入って身体を洗い、身体を隠すように湯船に浸かる。

湯船に入ってきた佳さんが私にちょっかいを出すので、のぼせる位に長湯になり、喉がカラカラになった。

お風呂上がりにキッチンでペットボトルの水を飲んで喉を潤していると、佳さんが邪魔をして、私を寝室へと誘う。

「理咲、大丈夫？」

「大丈夫じゃないです……」

初めての時のように痛くはないけれど、佳さんに愛され過ぎて身体が重だるい。

腕枕をしつつも、余裕そうな佳さんが憎たらしい。

「そういえば、理咲が作ってくれたケーキを食べてなかった！」

「もう夜中だから食べちゃ駄目ですよ！　明日にしましょう。それに私は眠いです。

っふぁ……」

佳さんの誕生日の今日は、いつも以上に丁寧に抱かれた。

お風呂でのイチャイチャもあってか、眠くて仕方なく、欠伸も出てしまう。

佳さんはこんな時にケーキの心配をしていたが、私はそれどころではなかった。

佳さんの温もりに包まれながら、すぐに夢の世界へと落ちて行く。

誕生日後から佳さんに夕飯作りを頼まれた。私はほぼ毎日のように夕飯作りに訪れ、その度に泊まるようになっていた。


「いらっしゃいま……、相宮《あいみや》さん？」

新規のお客様を案内をしようとカフェの入口に向かうと、見たことのある顔に遭遇する。

「どうしてここに？」

佳さんとの幸せな日々を送っていた時、働いているカフェに学生時代の同級生が現れた。

「お久しぶりね、一ノ瀬さん。お元気そうで何よりよ。ここのカフェが評判が良いと聞いたから来てみたのよ」

「そうでしたか、それはありがとうございます」

私と同じく、中学、高校、大学までストレート進学をした相宮さんという同級生だった。

相宮さんは突然、付き添いの男性と現れたのだ。この時は偶然に相宮さんが来店したとしか思ってはいなかった。

相宮さんは大手食品会社のお嬢様。艶々としたロングの黒髪、目鼻立ちがパッチリしているお人形さんみたいな美人。ファッションスタイルと呼ばれるモデル体型は学生時代から変わっていないのですぐに分かった。寧ろ、子供っぽさが抜けて正統派美人になったとも言える。

中学時代から、いつ見ても容姿、立ち姿が麗しく、お嬢様の中のお嬢様だと実感する。

「ミルクティーとカプチーノをお願いするわ。今日はお会い出来て良かった」

二人は堂々とカフェの中心辺りの席に着席し、私にオーダーをする。

「かしこまりました。私も相宮さんにお会い出来て嬉しいです」

学生時代、相宮さんは同級生や下級生の間で憧れの存在だった。

私なんかが話すことが許されない雲の上に居る人のような存在で、相宮さんの周りは常に友人が沢山囲っていた。

「せっかく会えたのだから、話をしましょうよ」

相宮さんは、にこやかに微笑みを浮かべながら言う。

「今は仕事中なので、退勤後にして頂けますか？　お待たせしてしまうので、後日でも……」

今日は中番だから、二十時は過ぎてしまう。

「今日、が良いのよ。寧ろ、今日じゃなきゃ駄目なの。私、待ってるから……何時に終わるのかしら？」

「二十時過ぎになりますが……」

「構わないわ。終わり次第、ここに電話して下さる？」

そう相宮さんは言い、名刺を渡してきた。退勤後に会う約束をする。

彼女と付き添いの男性は、オーダーした飲み物を飲み干すと早急に出て行った。

相宮さんとは学生時代にあまり接点がなかったが、皆と同じように私の憧れの存在でもあった。

友達も多く、お嬢様の中のお嬢様が、私の元に尋ねて来るなんてどうしたのだろう？

何がなんだか分からない。

不安に思いつつも退勤後に相宮さんに電話をかけ、指定された場所に向かった。

「お待たせして申し訳ありませんでした」

「良いのよ、別に。お仕事お疲れ様」

相宮さんに指定された場所は駅前にある、チェーン店のイタリアンレストランだった。

相宮さんのような名家のお嬢様も、チェーン店のレストランに来ること自体に驚いたが、そこは触れずに大人しく従う。

相宮さんは一人で待っていて、先程一緒だった男性は居なかった。

「せっかくだから、お食事しましょう」

彼女は何もオーダーせずに私を待ってくれていたようだ。

テーブルには水が入ったグラスが置かれていて、店員さんが置いたままの状態でメニューが開かれていた。

「はい、是非」

私は仕事で疲れて家事をしたくなかった時の帰りに、一人でこのレストランに来たことがある。

けれども佳さんとお付き合いをするようになってからは一度もなかったので、実に久しぶりに来店した。

それぞれ好きな物をオーダーし、しばらくすると飲み物と料理が届いた。学生時代の話をしながら、食事を楽しむ。

初めて相宮さんと沢山話すことが出来て、嬉しくて胸がいっぱいになった。

「食べ過ぎてしまったわ……」

相宮さんは食事にオーダーしたミニパフェの最後の一口を楽しんだ後に、ポロリと本音を漏らした。

「貴方に折り入って、大切な話があるの。良いかしら？」

「はい」

「その為に貴方を探し出し、カフェに出向いたの」

「え……？」

私を探し出してでも、相宮さんが話したいこととはなんだろうか……？

銀行の頭取の父にお願いしたいことなら、それは不可能な話なので即お断りしなければならない。

弁護士の姉と小児科医の姉に対するお願いならば、可能な限りは希望に寄り添いたい。

「まどろっこしいのは嫌いだから、単刀直入にお話しするわ」

「……分かりました」

相宮さんの目が、急にキリッと私を睨みつけるような目に変わる。私はその目を見た時に父を思い出してしまい、ゾクゾクと悪寒がした。

「ここはね、小鳥遊さんの父が経営している企業の一店舗なのよ。小鳥遊さんはディレクタブルディッシュサービスホールディングスの跡取り息子で、私の婚約者でもあるのよ」

「……え？」

信じ難い情報に、咄嗟に聞き直す。

相宮さんの言っていることが理解出来ない。

今、頭の中に入って来た情報は事実なのだろうか？

「もう、何度も言わせないで！　小鳥遊佳さんは私の婚約者なの！」

「そ、そんなこと、佳さんは何にも言ってなかったです……！」

婚約者だなんて、何かの間違いだ。あんなに私を愛してくれている佳さんに限って、そんなことは有り得ない。

「きっと遊ばれたのよ、貴方は……」

「佳さんに限ってそんなことはありません！」

佳さんは誠実で優しい人だから、絶対に私を騙すような人ではない。私は佳さんを信じている。

「だったら、何故、婚約者が居ることを隠す必要があるのかしら？」

「そ、それは……」

婚約者の話が真実だとして、佳さんが私に言ってくれなかったのは何故なんだろう？

私は私なりに現在置かれている状況の言い訳を考え始めたが、考えれば考える程に自分が惨めになっていく。

「小鳥遊さんがお話ししてないなら、私が教えてあげる。私は元々、親同士が勝手に決めていた小鳥遊さんのお兄様の元婚約者なの。お兄様が駆け落ちをして婚約は解消されてしまったわ。だから、その後に小鳥遊さんと婚約を結んでいるのよ！」

佳さんが大手外食産業のディレクタブディッシュサービスホールディングスの跡取り息子だということ。

そして、佳さんのお兄様と相宮さんが元婚約者……？

佳さんのお兄様が駆け落ち……？

私は何一つ、佳さんから聞いてはいない。

「貴方はいつもそう、自分が銀行頭取の娘だからって自慢するかのように振舞っていたわよね。しかも、それを盾にしてなんでも手に入れてきたの。佳さんだって、貴方じゃなくて銀行頭取のお父様が必要だっただけよ。だから、貴方に近付いたんじゃなくて？」

相宮さんに嫌味っぽく言われたが、即座に「それは違う……！」と否定した。

「私は貴方みたいな、ぼんやりとした子が大嫌いなの！　なんで貴方みたいな何にも出来ない子が周りから慕われているの？　昔から気に入らなかったのよ！」

私は学校内で親の話などを自らしたことはない。

憧れの存在の相宮さんが、何故か、私をライバル視していたことは学生時代から薄々と感じていた。

相宮さんのお家は大手食品会社で、成績も私なんかよりも遥かに上の方だった。

確かに私は先生や友達には恵まれていたとは思うが、相宮さんみたいに沢山の人に慕われていた訳ではない。

卒業後は数える程しか、友達も居ない。

そんな比べても意味のない私をライバル視しても、しょうがないと思うのだが……。

「うちの父の会社は小鳥遊さんの会社とは古くからの取引先なの。小鳥遊さんのお父様も私と小鳥遊さんが一緒になって欲しいと願っているのよ。その方が経営も上手く行くからよ。貴方は頭取の娘かもしれないけれど、家系に跡継ぎが居ないんだもの。頭取を退いたら終わりじゃない？　弁護士と医者のお姉様が結婚して子供が産まれたとしても、大きくなる間に頭取の交代を強いられると想定するわ。銀行マンと結婚して婿入りしない限り、頭取の地位を守り抜くなんて無理ね！　だから、小鳥遊さんがお父様に取り入っても、何も良いことなんてないのよ！」

相宮さんは私に捲し立てる。私はただひたすら聞いているだけで、何も言葉に出来ない。

「ふふっ、そもそも、お父様が頭取であろうと跡取りが居ようと今の貴方はお父様に嫌われているのだから、何の後ろ盾もないのよね。ただのカフェ店員の貴方一人の力では小鳥遊さんに何も与えてあげられない」

一方的に責め立ててくる相宮さんに恐怖を感じる。私に罵声を浴びせる、父のようで……。

「とにかく小鳥遊さんが貴方を選んだとしても将来的には何のメリットもないの。メリットがないということは誰からも祝福されないのよ？　祝福されないとしたら、小鳥遊さんも、産まれてくる子供だって可哀想。将来的に考えれば、貴方が手を引くべきなの。それから、私の存在を黙って付き合っていたとしたら、それ自体が貴方を愛していない証拠じゃないの……？　愛しているのなら、私ならば真っ先に伝えるわ」

どんなに私が否定されたとしても、佳さんが私を愛してくれた事実は否定されたくない。

「それは違う！　佳さんは私を愛してくれています！」

売り言葉に買い言葉で、声を荒らげてしまう。周囲の視線が一気に私達に集まる。

「本当にそうかしら？」

動じない相宮さんは、そう言って馬鹿にしたように笑う。

「小鳥遊さんだって、貴方とのことは私と結婚する前の一瞬の気の迷いに過ぎないわ。小鳥遊さんの幸せを願うなら、手を引くことね。私がここまで言っても手を引かないのなら、今度小鳥遊さんと小鳥遊さんのお父様との会食の予定があるから、いらしてはどうかしら？　その時に貴方は私達を見て絶望を知ることになる。だって、私達は貴方が思うよりも親密だもの」

そう言われたが私は未だに信じられずにいた。すると相宮さんが突然に電話をかけ始めた。

「小鳥遊さん？　冬音子《とおこ》です。今ね、同級生とお会いしているの。小鳥遊さんの通っているカフェに勤務している子が、偶然にも同級生だったの。お話ししてみます？」

佳さんに電話をかけたのだ。相宮さんは私にスマホを手渡す。

恐る恐る、声を絞り出して尋ねる。

「佳さん……？　佳さんは……相宮さんの……婚約者なん……ですか？」

スマホを持つ手が震える。

『理咲？　相宮さんから聞いたのか？　その件はおいおい話そうと思っていたんだ。同級生ならば尚更言いにくいことなのだが、実は……』

佳さんは焦っている様子はなく、冷静に話し出す。

益々、スマホを持つ手が震える。

佳さんが電話口で何かを話しているのが聞こえたが、その続きは怖くて聞けず、スマホを下ろしてしまう。

相宮さんのスマホを手から落としそうになったところで、サッと奪われて電話も切られた。

「小鳥遊さんはなんて言ってたのかしら？」

そう言われた私は何も言えなかった。

「その顔は私の予想通りの答えだったって訳ね。……それに貴方みたいに頭取の娘でありながら、家出をしてバイトなんかしてる人を小鳥遊さんのご家族が受け入れるとは思わないわ。お願いだから、小鳥遊さんの幸せを願うならば身を引いてちょうだい」

真実を受け入れ難い私に相宮さんは強く言い放ち、伝票を持って立ち去った。

「これは私が支払っておくわ。一人で生計を立てている貴方へのご褒美よ」

私はレストランの中だと言うのに、ボロボロと泣きじゃくった。大粒の涙が溢れて止まらない。

ハンカチで涙を拭いながら、レストランを後にした。

私は頭取の娘でありながら父に嫌われている為、家を出ている。

一人暮らしをしているが、決して楽な暮らしではない。

こんな私では、佳さんとは立場が違い過ぎる。

条件としても、私と結婚したところで何のメリットもないが、相宮さんと結婚すれば会社自体にメリットがある。

考えれば考える程に、佳さんには相宮さんのような家柄も容姿も完璧なお嬢様の婚約者が相応しいと思う。

佳さんの幸せを願い、自分から身を引くことを決意した。

相宮さんと会った翌日は、精神的にもダメージが大きくて仕事を休んだ。

相宮さんと別れた直後に、彼の番号を着信拒否やメッセージアプリのブロックをしようと思ったが、突然そんなことをしてしまったら佳さんが不審に思う。万が一、佳さんが自宅に訪ねて来たら、決心が鈍る。

どうしようかと泣きながら考えた結果、佳さんには『親戚に不幸が起きまして、しばし実家に戻るので留守になります』とアプリからメッセージを送信した。全くの嘘だったが、佳さんからは返事がすぐに来ていた。忙しいフリをして、既読にはしない。とりあえずはこれで良い。

私が聞くまで婚約者について、何も言ってくれなかったことが切なくて悲しい。

自分を愛してくれていたのは全て嘘だったの？　と落胆して、涙が枯れるまで泣いた。

それと同時に有名な企業の御曹司だと知り、出来損ないの自分は見合っていないと思い始めて諦める決心が出来た。

相宮さんのような完璧なお嬢様の方が、佳さんの為にも婚約者に相応しいと思う。

カフェのバイトも辞めて、仮住まいに移動する。佳さんには住んでいる場所を知られていたので、解約の手続きをしつつ、引っ越し先が決まるまでは短期賃貸マンションで過ごしていた。アパートは契約更新まであと二ヶ月だったので、解約金は払わずに二ヶ月分の家賃を払っただけで済んだ。

佳さんから完全に離れられた時、連絡先も削除してスマホを解約した。ここまで約三日。身内の不幸だという嘘も三日が限度だと思ったので、何とか乗り切れた感じがした。

貯金額も少なくなり、途方に暮れる。

派遣会社に登録しながら、次の働き口を探していた矢先、身体の異変に気付いた。目の前がチカチカとし、血の気が引いていく感覚が起きる。貧血らしく、倒れる前に休憩室で休ませてもらったが、吐き気が収まらずに早退させてもらった。

吐き気がするし、食欲もない。そんな不調が続き、身体の異変に気付いた。

佳さんとの別れを決めたことによるストレスと残暑の厳しさからの疲れによる悪心と食欲減退なのかと思っていた。

それから、月のものも来ていなかった。これもストレスで来ていないのだと、信じていたのだったが……。

吐いても、吐いても、気持ち悪いのが続く。大好きな紅茶の香りでも気持ちが悪くなる。

ストレスから発症していると思っていたが、あまりにも体調が悪くなり、流石におかしいと思う。心療内科に行くべきかと考えたりはしたものの、貧血の症状もあり、もしかしたらストレスではなく別のものなのでは？　と不安を感じた。

そんな中、ある考えが頭をよぎる。ストレスではないのだとしたら、思いつくのはもう一つ、妊娠しているのかもしれないこと。体調不良の症状が妊娠の状態に近いことから、恐る恐る妊娠検査薬を試す。

不安は的中。まさかのまさか、あってはならないことが起きたのだ。

「……嘘？　……なんで？」

試した妊娠検査薬は、陽性を示していた。ストレスのせいだと思っていた体調不良は、妊娠から来るものだったのだ。

どうしよう……？

佳さんはいつも避妊をしてくれていたはずなのに……、どうして？

私はマンションの部屋のトイレから出て、しゃがみ込む。

妊娠していても、私はどうして良いのか分からない。

ベッドに寝転がっても気持ちが悪くて、スマホで検索する気にもなれない。

とりあえず連絡をしようと思い、寝ながら電話をかけた。

「……もしもし?」

私は家族の中で唯一、連絡を取っていた母親に頼った。

『理咲ちゃん……? どうしたの? 元気がないみたいね?』

「実は……」

母は私の声を聞いただけで、何か様子が変だと察してくれた。

私が妊娠の事実を話すと怒ることも責めることもせずに、母は私を気遣ってすぐに駆けつけてくれた。

母はただ、何も聞かずに夕方頃まで一緒に居てくれたので、安心感に包まれた。その翌日、産婦人科に一緒についてきてもらい、今後のことについて話し合う。

エコー検査をした時、赤ちゃんが出来た印の胎嚢が確認出来た為に間違いなく、妊娠していることが分かった。

マンションに戻ってから、佳さんや相宮さんの素性は明かさずに母に事情を話した。

「理咲ちゃんはどうしたいの?」

「私は……」

私は佳さんが初めての人で、一方的に別れた後も佳さん以外とは経験がない。

間違いなく、父親は佳さんだ。

堕胎するにもまだ間に合う週数だが、授かった命を亡くしてしまうのは心が痛む。

佳さんと私の赤ちゃん。

佳さんの私に対する愛が偽りだったとしても、この子には罪がない。

父親が居ないとしても、この子は私を選んで来てくれた。

……私は産みたい。

佳さんの血を引く、この子と共に生きたい。

「……私は産みたい。この先、どんな辛いことがあっても、私はこの子の母親になりたい」

「……そう。理咲ちゃんがそう言うなら反対はしないわ。思いがけず、私もおばあちゃんね」

母は柔らかな微笑みを浮かべた。

「理咲ちゃん、とりあえずはお父様にも報告しましょう。今、少しだけでも、お話し出来そうかしら？」

「少しだけなら……」

「分かったわ。電話してみるわね」

母は父の仕事用のスマホに電話をかけた。

「お仕事お疲れ様です。理咲ちゃんに代わりますね……。理咲ちゃん、後押しはするから自分の口から言いなさい」

「はい……」

私は母からスマートフォンを受け取り、深呼吸をしてから電話口に出た。心臓がバクバクして、心拍数が上がる。

『何の用事だ？』

低くて冷たい感じの声が耳に入ってきた。

「ご無沙汰しております、……理咲です。実は……、突然ですが子供が出来ました」

ゆっくり、ゆっくり一言ずつ言葉を絞り出した。

電話口なのにもかかわらず、父の威圧を感じる。

『まともに就職も出来ないから、永久就職先でも探したのか？』

「いいえ……、結婚は致しません」

『なんだと……！　この恥知らずめ！』

プー、プー、プー……。

罵られ、速攻に電話を切られてしまった。

そうなることを想定はしていたが、やっぱりね……というような、父は期待を裏切らずに酷い対応だった。

「お父様は怒って電話を切りました。分かってはいましたが、歓迎なんてしてくれないですよね」

「……そうね。あの人は自分勝手な人ですから。でもね、大丈夫よ。誰が何と言おうとも、私がサポートするから」

「あり……が、とう……」

ボロボロと大粒の涙を零す。

母は弱っている私を見て、よしよしと頭を優しく撫でてくれる。幼い頃からずっと変わらない、優しい笑顔に身を任す。母の愛情を再確認するかのように、甘えてしまう。

父は私が嫌いだが、母は分け隔てなく私を愛してくれている。それだけで前向きに頑張れる。

「そうだ、理咲ちゃん、これ……」

母はバッグの中から、何かを取り出して私に差し出した。

「え……？　通帳……？」

私は泣きながら受け取る。

「理咲ちゃんが幼い頃から、貯金していたお金よ。今が使い時なんじゃないかしら？」

見知らぬ私名義の通帳の金額は七桁を超えている。

「通帳はね、三姉妹の分、それぞれあるのよ。だから、遠慮なく使って欲しい」

「ありがとう……」

後程、母のおかげで引っ越しも無事に済み、出産準備をすることが出来た。

このお金がなければ、私は路頭に迷っていたかもしれない。

「あの人が居ると理咲ちゃんはゆっくりと過ごせないわね。お腹の子にストレスも良くないから、どこかゆっくりと暮らせる場所はないかしら？」

「私は自分の身体に凄く違和感があって……、一人で居るのが辛いから……実家に帰りたいです」

父のことは気がかりだが母が居るということが何よりも心強くて、実家に帰りたくなった。

自分で家出をした分際で身勝手かもしれないが、一人で耐え忍ぶのは無理かもしれない。だからこそ、実家に帰りたいのだ。

「そうね……」

母は少し考え込んでしまった。

「理咲ちゃんが理咲ちゃんらしく、暮らせる場所があるわ！」

母は思案後、ある場所の提案をしてきた。

その場所は、学生時代の長期休みには毎年のように泊まりに行っていた場所だ。

私の意見を尊重してくれた母は、東京の郊外でのんびりとした生活をしている母の妹宅、つまり叔母さん夫婦の家に連絡をして一時的に私を置いてくれるように頼み込んでくれた。

叔母さん夫婦は子供が授からずに、夫婦共に実の娘のように私を可愛がってくれている。なので、実際に一緒に住むことになった時には歓迎してくれて涙が出るほどに感激した。

仮住まいのようなアパートには大した荷物がなかったので、引っ越しは簡単だった。アパートを引き払った後、安定期になるまでは実家に身を寄せていた。

『引っ越しは安定期になってからの方が良い』と母が言っていたので従うことにした。安定期に入らないと体調も落ち着かず、流産の可能性があるらしい。

父は私のことなど蚊帳の外だし、母の言うことには逆らえないので、家族と言うよりはただの同居人の関係性だった。

安定期に入り、叔母さん宅に移住することになった。

引っ越し用の荷物は宅配便で先に送り、母と一緒に最寄り駅からはタクシーで向かった。

「理咲ちゃん、お久しぶりね。お元気だった?」

「ご無沙汰しております。私は元気ですよ。叔母さんもお元気そうで何よりです。今日から、お世話になります」

叔母さん宅は東京の外れにある。

住所は東京都だが、都会の慌ただしさがない、のんびりとした町だ。

学生時代、夏休みなどはここによく泊まりに来ていた。懐かしいなぁ……。

「不便なこともあるかと思うけど、ここはゆっくりと過ごせるから、子育てをするには良い環境だと思うのよ。叔母さんは理咲ちゃんが来てくれて本当に嬉しいの。来てくれてありがとう」

叔母さん夫婦は以前、都心に住んでいたが歳をとるにつれ、のんびりと過ごしたいと思うようになったらしい。そんな時に手頃な中古の一軒家を見つけ、この土地に永住することを決めた。

「さぁ、上がって。お茶でも飲みながら、ゆっくり話しましょ。理咲ちゃん用にノンカフェインの紅茶とか色々買ってあるの。理咲ちゃん、紅茶が好きだったわよね？」

「はい、ありがとうございます！」

叔母さんは私が紅茶好きなことを覚えてくれていた。しかも、お腹の子に優しいノンカフェインを用意してくれていたのが嬉しい。

つわりが落ち着いてきて、少しずつ色んな物を食べたり飲んだり出来るようになった。

私はこれから、この土地でお腹の子と一緒に生きて行く。

佳さんに会えなくても、佳さんの子供だという事実は変わらない。だからこそ、誇りを持って産んで育てることを決意した——

四、突然の来訪者

佳さんの前から姿を消した私だったが、母と母の妹夫婦に支えられ、無事に出産まで辿り着いた。

産婦人科も、叔母さん宅の近くのクリニックに通うようにした。

つわりが落ち着くと不思議なことにアイスばかりが食べたくなったり、育っていく内にお腹の中で赤ちゃんに蹴られて足の形が見えたり、と妊娠中は驚きの連続だった。

陣痛は、お腹の痛みなのか、腰が痛いのか、どこが痛いのかも分からない程に痛くて痛くて……無事に産まれてきてくれた時には、全身の力が抜けたみたいに安心した。

産まれた時にお祝い膳というものが出たが、豪華過ぎて驚く。こんなに食べても良いのかな？　と思いながらも、ほぼ完食。

そして子供が産まれる前はあんなに食べたかったアイスがピタッと食べたくなくなった。

現在、娘は二ヶ月近くになり、〝佳歩《かほ》〟と名付けた。

佳さんのお名前から拝借することに抵抗を感じなかった訳ではない。

けれども、この子は佳さんの血を引いた子だという証を残したかった。誰にも認められなくても、私だけが認めてあげたい。

私を愛してくれた日々を忘れたくなかったのもある。

佳さんとは離れ離れだとしても、この子は紛れもなく佳さんの子なので、せめて、名前だけでも……と思い名付けた。

佳さんのことを忘れた日など、一日たりともない。思い出しては泣いていた日々もあったが、佳歩が産まれてからは泣いている暇さえなく、順調に思い出に変わる気がしていた。


「お散歩行ってきます！」

「気をつけて行ってきてね」

母と叔母さんが玄関先で、私達を見送る。

母は三日に一度位、叔母さん宅まで様子を見に来てくれて、たまに泊まっていくこともあった。

叔母さんも今日はパートが休みなので、姉妹揃って、お茶を飲んだりしながらのんびりと過ごしている。

私の産後の体調も回復してきて、佳歩も日光浴に出かけられるようになったので、天気の良い日にはベビーカーでお散歩に出かける。

その日もお散歩しようと玄関先を出た時、一台の黒塗りの車が道路に止まった。

なんだろう……？

不思議に思う私の前に現れたのは、スーツ姿の佳さんだった……。

現実か夢かさえも判断するのが難しい。

都会から離れたこの場所に、佳さんが居るはずがない。

「理咲！」

聞き覚えのある声を聞いたことにより、やはり現実なんだと実感した。

大好きな人が目の前に現れて、心が揺さぶられる。

心が囚われてしまって、シングルマザーとして生きていく決心が揺るいでしまいそうだった。そうなる前に、私は逃げるように咄嗟に家の中に入ろうとした。

けれども、私の行動はすぐに阻止される。ベビーカーの押し手を持ったまま、佳さんに抱きしめられて止められたのだ。

「ずっと探していたんだ。やっと会えた……」

佳さんはそう言って、私を強く抱きしめる。

「離して……、離して下さい！」

私はベビーカーのタイヤが動かないようにロックをかけて、一瞬だけベビーカーから手を離すと無理矢理に身体を突き放そうとした。

その時、佳さんはベビーカーに乗っている佳歩を見ながら言った。

「この子は俺の子なんだろう？　……一緒に暮らそう」

「ち、……違います！　佳さんの子供ではありません。し、失礼……しま……」

否定しようとした時に、佳さんは腕を緩めて私を解放する。

「理咲に似て美人さんだ」

ベビーカーに乗っていた佳歩をヒョイッと持ち上げて、勝手に抱っこをする佳さん。

「や、止めて下さい……！」

佳歩も泣かずに抱っこされて、佳さんをじっと見つめていた。

「一生をかけて二人を幸せにすると誓うから、俺と共にこれからの人生を歩んで下さい」

佳さんは佳歩を抱っこしたまま、真剣な眼差しで私に誓う。

「婚約者の相宮さんが貴方には居るんでしょう？」

嬉しいはずなのに気持ちが追いつかない。

戸惑いながらも問う。

現在の私は佳歩が産まれたことにより強くなった。

佳歩の母でもあるので、取り乱したりはしない。

きちんと佳さんの口から、真実を聞きたかった。

「婚約者なんて、嘘なんだ。俺は理咲と付き合い始めてから、ずっと理咲しか見ていない。理咲としか、結婚もしたくないんだ。だから、勝手ながら迎えに来た」

「そ、そんなことを急に言われても……！」

私は現実を受け入れられず、狼狽えてしまう。

「せっかくだから、俺も一緒に散歩しても良いかな？　そして、少しだけ話を聞いて欲しい」

佳歩をそっとベビーカーに乗せて、ベルトをする佳さん。

「……はい」

佳さんが私を裏切った訳ではないのだと信じたくて、話を聞くことにした。

私達が歩き出したのを見届けた黒塗りの車の運転手が私に向かってお辞儀をした後、車はゆっくりと前進した。

「……今のは加賀谷さんですか？」

「そう、加賀谷。加賀谷は俺の親友であり、秘書でもある。自分の口からは言えなかったことを今から話す。何故もっと早く話さなかったのかと……後悔しかない」

久しぶりに見た佳さんの姿にときめいてしまう。

忘れたくても忘れられなかった。

佳さん、少し痩せた気がする……。

「俺は外食産業チェーン、ディレクタブルディッシュサービスホールディングスの代表取締役の次男なんだ。だから、人事も企画営業もなんでもやってる」

「ええ、……それは相宮さんから聞きました」

「相宮さんは元々、兄の婚約者だった。兄が幼なじみと結婚した為、その話が俺の元に来たが、婚約はしていない。そのことは兄との婚約が破談になって、俺の所に話が来た段階で両家の間でも了承を得ていた。仕事にも専念したいし、俺は決められた相手との結婚などしない、とキッパリ言ってあった。相手方も社交的で優秀な兄とは違い、無愛想な次男の俺などは眼中になく、了承もすぐに得られた。なので、相宮さんが勝手に言っていただけだ。きっと婚約を破談にされた腹いせだろうな……」

相宮さんの一人芝居だった訳か……。

でも、あの時の私は自分に自信が持てないから向き合うことすらしなかった。

カフェで働いていても、私は佳さんの力には何一つなれなかったから。

「……それから、電話では婚約者ではないことを伝えようとしていたんだ。ごめんな、理咲に心配をかけないように相宮さんの存在は話してはいなかったんだ。会社の跡継ぎ問題もあり、まだ話せる段階ではなかったのもある」

真実を知るのが怖くて、私が一方的に耳を傾けるのをやめてしまった。佳さんは真実を告げようとしてくれていたのに……。

「相宮さんとも決着をつけてきたから。お見合い結婚や勝手に決められた相手との結婚などはしたくないし、俺には理咲しかいないと断言してきた」

佳さんは私を見ては優しく微笑む。

「実は何度も電話したけど繋がらなくて、アパートにも何度も行ったけど、もぬけの殻だった。加賀谷にも協力してもらい、理咲の居場所を探し出した。手がかりがなく、迎えに来るのが遅くなってしまい申し訳なかった」

佳さんの強い瞳に捕らわれ、立ち止まった。

「見つかったと聞いて、いても立っても居られずに仕事そっちのけで会いに来た」

「わ、私……」

「理咲……?」

会えなかった日々も、佳さんは私に会う為に努力をしてくれた。

私はその事実を聞いて涙を流す。

一歩下がった場所から、佳さんのスーツの裾を摑み、「私もずっとずっと会いたかったです。この子は貴方の子です……」と告げる。

「名前は……？」

「佳歩です。佳さんの〝佳〟に歩くと書いて、佳歩です……」

「佳歩……、か。俺の名前から名付けてくれてありがとう」

佳さんの声は少し震えていた。


「ただいま……」

田舎暮らしの叔母さんの家の引き戸を静かに開ける。

ガラガラ……という音で、母と叔母さんが玄関先まで駆け寄って来た。

「理咲ちゃん、随分遅かったね、って……。どちら様？」

二人は佳さんを見て、目を丸くしながら硬直している。それもそのはずだ、佳歩と二人で出かけた私が見知らぬ男性を連れて来たのだから……。

「私は、外食事業を展開しておりますディレクタブルディッシュサービスホールディングスの代表取締役専務の小鳥遊佳と申します」

え……？

佳さんは専務さんだったの？

経歴は聞いたことがないから、知らなかった。

「企業名は存じ上げております。そこの専務さんがどういったご用件ですか？」

母は咄嗟に玄関先に正座をした。その少し後ろに、叔母さんもつられて正座をする。

「うちの三女に喜ばしいご用件でしたら居間にお通し致しますが、それ以外のご用件でしたらお引き取り下さいませ」

厳しめな口調で母は言い、深々と頭を下げる。

「この度は私が未熟なせいで、理咲さんとご家族様に対して大変なご迷惑とご心労をおかけしてしまい、大変申し訳なく思っています。佳歩は間違いなく、私の子供です。理咲さんが突然居なくなってから本日まで、行方を必死に探していました。勝手なお願いながら、理咲さんと佳歩をお迎えに来ました。家族だと認めて頂けるまで何度でも、ここに通います」

「佳さん……」

私は佳歩を抱っこしながら、佳さんを見上げる。

私のことを思い、都心から離れたこの場所を探し出し迎えに来てくれた。

母達の前で佳歩は自分の子だと断言し、家族だと言ってくれる佳さんが凛々しくて男らしい。

やっぱり、私はこの人が好きなんだと自覚してしまう。

「どうぞ、お話は中で聞かせて下さい」

母は立ち上がり、佳さんを居間に案内した。叔母さんも立ち上がった後、キッチンに行き、お茶を出してくれて話に立ち会う。

「理咲ちゃんの父親のことはご存知？」

「いえ……、何も。ただ、厳しい方だとは聞いております」

「そうね、厳しいと言うか、常に地位と名誉を気にしてるの。私の父親の跡継ぎとして私と結婚をして、銀行頭取の座を手に入れた。理咲ちゃんの父親は銀行頭取なのよ。ご存知なかったのね？」

「……はい、失礼ながら存じ上げておりませんでした」

「理咲ちゃんは三姉妹の末っ子で、成績のことなどをとやかく言われてきたの。上二人は弁護士と小児科医をしてる。理咲ちゃんは努力しても成績は振るわず、他方面で才能を開花させようとしていたのだけど……、父親が反対したのよ。理咲ちゃんは料理関係の仕事についたりしたかったようだけど……。だから、いつしか反発するように家を出て行ったの」

「そうだったのですね……」

「父親は肩書きを気にしているけれど、理咲ちゃんは肩書きがあるが故に苦しい思いをしながら、生きてきた。だから、本当は……貴方が大手企業の一族じゃない方が伸び伸びとした結婚生活を送れたかもしれないわね」

母は小さく、息をふうっと吐いた。

「でもね、理咲ちゃん。貴方の父親は、貴方が一般家庭のご子息と一緒になることは望まないの。大手企業のご子息と一緒になることによって、あの人との関係も良くなるかもしれないわ。小鳥遊さんとご結婚するにしても、一般家庭の娘では難しいでしょうね。だから、貴方の大嫌いな肩書きも、たまには役に立つかもしれないわね」

そう言って母は微笑んだ。

確かに父は地位と名誉が大好きだから、大手企業のご子息と結婚ともなれば喜ぶに違いない。

「そうかもしれませんが、私は銀行頭取の父の肩書きに甘えたくはありません」

「甘えるんじゃないのよ、利用するの。確か、小鳥遊さんの企業もうちの銀行と提携しているはずだから、小鳥遊さんとの結婚はきっと上手くいくわ。大嫌いな父親を見返すチャンスかもしれない」

私はいつしか父を嫌うようになっていた。

地位と名誉ばかりを気にしている父。

成績が振るわないだけで、姉二人と比べて私への態度を変える父。

私は大切にされていないのだ、と分かった瞬間から家族とは思えなくなり始めていた。

「理咲ちゃんは、優しくて思いやりのある子です。素敵な家庭を望んでいるはずです。良き夫、良き父として精進して下さい」

母は佳さんにそう告げて、深々と頭を下げる。

「決して理咲さんと娘の佳歩を傷付けることは致しません。一生をかけてお守りし、幸せにすることを誓います」

佳さんは真剣な顔をして、母と叔母さんに誓う。

それを聞いた母と叔母さんは笑顔になり、その夜は叔母さんの家で祝いの席をもうけてくれることになった。

「ただいまー、理咲ちゃん、佳歩ちゃん！　すき焼きのお肉買ってきたよ！」

「おかえりなさい、叔父さん」

夕方になり、叔母さんのご主人の叔父さんが帰宅した。叔父さんは父とは違い、気さくで明るい人だ。

今日はすき焼きにするらしく、和牛を買って来てくれたそうなのだが……。

「お祝いって、佳歩ちゃんの二ヶ月記念？」

「まぁ、それも近々とは思ってましたけど」

玄関先で叔父さんと叔母さんが会話をしている。

「初めまして、小鳥遊佳と申します。お邪魔しています」

「だ、誰……!?　この背の高いイケメン、誰？」

居間から佳歩を抱きながら登場した佳さんを見た叔父さんはパニックを起こしていた。

「理咲ちゃんの旦那様になる人よ。佳歩ちゃんのパパさん。カッコイイわよね、理咲ちゃん、とっても良い人に巡り会えたわよね」

叔母さんは佳さんを見ながら惚れ惚れしている。

「ど、どこの馬の骨かも知らん奴に、理咲ちゃんはやれん！」

「佳さんは大手企業のご子息よ。ほら、ファミレスとか沢山展開している企業の」

「な、なんだって？　と、とにかく、俺が認めるまでは結婚はさせないからな！」

「佳さん、ごめんなさいね。この人、理咲ちゃんを実の娘みたいに可愛がっているから」

叔父さんはチラチラと佳さんを見ながら、スーツから普段着に着替えに行った。


夕食は加賀谷さんも呼んで、皆で食べることになった。

お酒が入った席で次第に打ち解けて行く。

「小鳥遊君も、加賀谷君も、もう俺の息子同然だから、たまには遊びに来てくれよ。何回見ても、二人ともイケメンで羨ましいよ」

「いやいや、叔父さんも昔はイケメンだったでしょ？　さぞかし、モテたんじゃないですか？」

「それは言っちゃ駄目だぞ、アイツがヤキモチ妬くから……！」

加賀谷さんはずっと、近くのカフェでノートパソコンで仕事をしながら待機をしてくれたらしい。

叔父さんと佳さんはお酒を交わし、加賀谷さんは運転があるのでノンアルコールビールを飲んでいた。

加賀谷さんは叔父さんの扱いが上手く、二人で話し込んでいた。

佳さんは佳さんで、母達に捕まり、色々と事情聴取を受けている。

楽しくなって酔ってしまった叔父さんは、いつの間にか寝てしまい、叔母さんに怒られた。

「もう夜も遅いから、二人も泊まってね。布団を用意しましたから」

叔父さんを寝室へと誘導した後に、叔母さんは佳さんと加賀谷さんに促す。

「実は……、夜遅くなることを想定して近くのビジネスホテルを予約しておいたんです」

「あら、そうなの？　残念ね」

明日は佳さんが仕事の為、朝一で帰らなければならない。

「せっかくだから、佳は泊まらせて頂いたら？　明日の朝に迎えに来るから」

「そうよ、親子水入らずで寝ると良いわ」

加賀谷さんは遠慮をして、予約をしていたビジネスホテルに泊まることになった。

「加賀谷さん、気をつけてね。また明日の朝にお会いしましょう」

「今日は私まで招いて頂き、ありがとうございました。ご馳走様でした。では翌朝、伺います」

加賀谷さんは皆にお見送りをされて、車まで向かう。

「加賀谷さん……！」

佳歩を佳さんにお願いし断りを入れてから、私は加賀谷さんの後を追った。

「理咲ちゃん、どうしたの……？」

「今日は佳さんと会わせて頂き、ありがとうございました！」

加賀谷さんが車のドアを開けて乗ろうとしていた時、そちらへ駆け寄った。

「……佳さ、理咲ちゃんが居なくなってから、仕事でもつまらないミスばっかりして、食欲もなくなって痩せていった。珍しくイライラしていたみたいで、部下にも当たりまくり。流石にまずいなぁ……と思って探偵に頼むことにしたんだ」

クールだけれど、温厚な佳さんがイライラしていたなんて信じ難いが、いつも傍に居る加賀谷さんが言っているのだから真実だろう。

「理咲ちゃんの内情までは分からなかったけれど、佳歩ちゃんの存在とこの場所が分かった時のアイツは会議中に抜け出してすぐに向かうように俺に言ってきた。その時の佳、取り乱している上に必死過ぎて笑ってしまったよ。しょうがないから、すぐに車を出して向かったって訳」

「佳さん、そんなに取り乱していたんですか……？」

「俺も初めて見たから驚いた。いつも冷静なアイツが慌ててるし。理咲ちゃんにも見せたかったなぁ。あんなの見たら絶対に笑うから！」

加賀谷さんは面白おかしく話をしてくれる。

「明日、会社に戻ったら、俺と佳は社長の怒りを買うことになるな」

「私の為に本当にすみません……」

佳さんは私の為に会議を抜け出してまで、会いに来てくれた。

リスクを背負いながらも、私の為に来てくれた気持ちを無駄にしたくない。

「佳は理咲ちゃんの為となると必死になって周りが見えなくなってしまう。そうならない為にさ、これからは佳の傍に居て支えてあげて欲しい」

「はい、私も佳さんの傍に居たいです。その為には、私も様々なことに向き合って行きます」

「うん、宜しくね。じゃあ、また今度」

加賀谷さんはニッコリと微笑んだ後、ヒラヒラと手を振ってから車の扉をそっと閉めた。

黒塗りの車は静かに発進し、私は車が見えなくなるまで見つめていた。

佳さんは私のことを常に想っていてくれたんだ。

あの時に逃げ出さずに、佳さんに向き合っていたら……お互いに辛い思いをしなくて済んだのかな？

それとも、時が経った今だからこそ、上手くことが運んだのかな？

考えても答えは見つからないけれど、これからは佳さんと佳歩と一緒に幸せな家族を築いて行きたい。

その為には、父との確執も解消しなくては――

「理咲と佳歩と一緒に寝られるなんて夢のようだな」

叔母さんのご厚意で、佳さんと三人で一緒の部屋の布団に入る。

佳さんと加賀谷さんの為に敷いてくれた布団に親子水入らずで寝ることになった。

「私も信じられません。佳さんが迎えに来てくれた上に叔母さん宅の布団に一緒に居るなんて……」

私達は佳歩を真ん中に、向かい合って寝転んでいる。

佳歩はスヤスヤと寝ているが、いつ泣いて起きるか分からない。

「佳歩が可愛過ぎて、ずっと眺めていたい」

「私も産まれた時はずっと見てましたよ。可愛くて可愛くて、これからの成長が楽しみですよね」

佳さんは佳歩を見ながら、起こさない程度に手を触っている。

「手も何もかもが小さいな。どんな女の子になるんだろうなぁ。大きくなったら、パパなんて嫌いって言われちゃうのかなぁ……」

「佳さんみたいにカッコイイパパは、佳歩の自慢のパパになりますよ」

「……だと良いけどね」

フラッシュをたかないようにして、佳歩の写真をスマホで撮影する佳さん。

「自分の力だけでは理咲を探せなくて、探偵に頼んだけど……、まさか、赤ちゃんが産まれてるとは思わなかった」

「相談もなしに勝手に産んでしまい、ごめんなさい。でも、私の所に来てくれた命を自ら絶つことはしたくなかったんです」

「俺の方こそ、謝らなければならないんだ。一人で辛い思いさせて、命を背負わせて申し訳なかった……」

「佳歩がお腹に居ると分かってから、戸惑いもありましたけど毎日が新鮮で楽しかったです」

佳歩を見つめながら話す。

私は佳さんの遺伝子を引き継いだ佳歩がお腹に居てくれたからこそ、悲しみの底から這い上がれた。

日に日に大きくなるお腹を眺めながら、シングルマザーとして生きて行く覚悟も決めた。

「無責任ながら……、俺も佳歩が居ると知った時、本当に嬉しかったんだ。早く理咲と佳歩に会いたくて、仕事は二の次で加賀谷に頼み込んで会いに来た。理咲が妊娠中に何も手助けしてやれなかったことを悔やんでも悔やみきれない……」

「私はシングルマザーで佳歩を育てて行こうと決意していたんですが……、佳さんが迎えに来てくれたと理解した瞬間に肩の荷が下りたような気がしたんです。やっぱり、私……、一人じゃ無理だったんだって……思、って……」

佳さんと話している内に張り詰めていた糸が切れたように、脱力した。

「理咲、ごめんな。辛い思いさせてごめん。これからは二人で佳歩を育てて行こう」

枕が涙で濡れる。

佳さんは優しく、頭を撫でてくれた。

「……はい。佳さん、お迎えに来てくれてありがとう……ございます」

「こちらこそ、佳歩を産んでくれてありがとう。もう理咲も佳歩も離さない。会社のことも家族のことも解決するには時間がかかるかもしれないが、きちんとするから。理咲のタイミングで良いから……、一緒に俺のマンションで暮らそう」

「……はい」

「理咲は本当に泣き虫だな。いつも一人で抱え込んでしまうから、俺の前だと泣いちゃうんでしょ？　これからはどんな些細なことも二人で解決していこう」

佳さんと別れてからというもの、泣いている暇なんてなかった。

つわりで体調も悪く、落ち着いたと思ったら引っ越しをして、出産準備もして……。

産まれてくる赤ちゃんの為なら……と思い、頑張ってきた。

シングルマザーとして歩き始めた時に佳さんが現れたから、私の決心はグラグラと揺らぐ。

「俺の両親にも紹介して、理咲のご両親にも改めてご挨拶に行く。許可を頂けたら、その足で入籍届を出しに行こう。落ち着いたら、結婚式を挙げたり、新婚旅行にも行こう。順序がバラバラだけど、必ず叶えると約束する」

結婚式も新婚旅行も全て諦めていたこと。

佳さんは全てを叶えると私に面と向かって誓ってくれて、心の底から嬉しい。

楽しみが膨らんで、胸がワクワクして温かい気持ちでいっぱいになる。

「理咲に他にも希望があれば、叶えてあげたい」

「佳さん……、私……」

「……何？」

「幸せ過ぎて、どうにかなりそうです……」

「理咲、幸せになるのはこれからだよ」

「ふふっ、そうですね」

「そろそろ寝ようか」

佳さんが灯りを消す。

私は幸せを噛み締めながら佳さんと佳歩と一緒に眠りについた。


「おはようございます」

佳さんが朝六時には出ると言っていたので、私は早起きしておにぎりを用意する。

起きてきた佳さんは既にスーツ姿になり、身支度も調えていた。

「おはようございます、佳さん。おにぎりとちょっとしたおかずを用意しました。加賀谷さんの分もあります」

「ありがとう、理咲」

「今、紅茶を入れますね。佳歩は母が見てくれています」

佳さんは五時二十分過ぎにキッチンに現れたが、物凄く眠そうだった。

「おはようございます、佳歩も起きてるんですね」

「おはようございます、佳さん。この頃の赤ちゃんは気まぐれだから、今日なんて、理咲ちゃんよりも前に起きてるみたいよ」

「早起きですね……」

佳歩は居間にある長座布団に寝かせられて、大人しくしている。

居間に向かった佳さんと母の会話が聞こえた。

「佳歩ちゃんは母乳で育てたいけど、理咲ちゃんはあまり母乳の出が良くないみたい。お腹空いてすぐに起きちゃうみたいだから、ミルクも足してるの。一緒に暮らすようになったら、理咲ちゃんを手伝ってあげてね」

「はい。理咲も佳歩も守り抜きます」

私は淹れたての紅茶を佳さんに差し出す。

「近い内に理咲と佳歩と一緒に住みたいのですが、許可を頂けますでしょうか？」

「……えぇ、構わないわよ。理咲ちゃんも佳歩ちゃんもパパと一緒の方が幸せでしょうから」

おにぎりとおかずの準備も出来たので、そっと母の隣に座る。

「お父様にもご挨拶をしたいのですが……」

「そうね……。順序が逆になってしまうけれど、とりあえずは新居に引っ越しをして、理咲ちゃんの気持ちが落ち着いている時で良いんじゃないかしら?」

父には母から佳歩が産まれたと伝えてもらったが、一度も顔を見に来てはいない。

そんな父だから、報告をしたとしても、きっと何も思わない。

「分かりました。理咲の気持ちも考慮しながら、伺うことにします」

「はい、その件は佳さんにお任せするわね。それから理咲ちゃんは、いつから佳さんと暮らすようにする?」

まだ考えてはいなかったが、佳さんに会えた途端に傍に居たくて堪らなくなった。

「佳さんの都合の良い日からで……」

チラリ、と佳さんを見る。

「理咲の準備が整えば、週末にはお迎えに上がりたいのですが……」

「分かったわ。その予定で計画しましょう!」

三人で引っ越しの相談をしていた時に佳歩がグズグズ言い出して、泣き出した。

「佳歩ちゃん、きっとお腹が空いてるのかもしれないわね。まだ時間に余裕があるなら佳さんがミルクあげてみる？」

「是非、やらせて下さい」

佳さんは泣いている佳歩をそっと抱き上げる。私は哺乳瓶でミルクを作り、佳さんに手渡した。

「汚れちゃうから、ミルクをあげる時はハンドタオルを首周りに敷いて下さいね」

「分かった」

佳さんからミルクをもらうと凄い勢いで、哺乳瓶の吸い口に吸い付く佳歩。よっぽど母乳が足りなかったのか……と私は少し落ち込む。

「私も母乳の出が悪い方だったから、理咲ちゃん達もミルクだったわよ。今のミルクは栄養価が高いから気にすることはないの」

「そうかな……」

佳歩の様子を見ながら、母は私を宥める。

初めての育児だから、育児書通りに育てたくて仕方がない。そんな私を見て、母はアドバイスをくれる。

「育児って上手くいかないことばかりなのよ。だから育児書ばかりが正解じゃないし、もっと肩の力を抜いてね」

「はい……」

「理咲ちゃんはもっと皆を頼って、甘えて良いの。ママが疲弊しないように私も佳さんも、叔母も居るのだから……皆で育てていきましょうね」

私は皆に支えられて佳歩を育ててきたのに、これ以上に頼っても良いの……？

「理咲、俺もイクメンになれるように頑張るよ」

「佳さん……」

佳歩にミルクをあげている間に叔父さんと叔母さんも起きてきた。

二人に週末には佳さんのマンションに引っ越す予定だと伝えると、叔母さんは泣き出した。

「佳さんが来てくれた時点で覚悟をしなきゃとは思っていたけれど……、理咲ちゃんと佳歩ちゃんが居なくなるとまた寂しくなるわね」

「叔母さん、急に来て急に帰ることになってしまい、本当にごめんなさい……」

私もつられて涙が出てくる。

妊娠中も出産もたくさん沢山、叔母さん夫婦にはお世話になった。

「私が不甲斐ないばかりにこのような事態になり、大変申し訳ありません」

暗い雰囲気になってしまった私達に向かって、佳さんは口を開いた。

「佳歩も温かい皆様に見守られて育ち、喜ばしいことだと実感しております。皆様には大変感謝しております。……従って、また遊びに来ても良いでしょうか？」

「あ、当たり前だろ！　小鳥遊君も加賀谷君も俺の息子同然なんだから、遠慮なく来てくれ」

黙っていた叔父さんがおおらかに笑う。

「そうよ、また遊びに来てね。もう、私達は家族なのだから」

佳さんと家族になれば、当然、叔母さん夫婦とも親戚になる。けれども血の繋がり云々よりも、気持ちの方が大切だ。

佳歩にミルクをあげ終わった佳さんにゲップの出し方を教える。

佳歩は小さくケホッとゲップをして、うとうとしていた。

佳歩が佳さんに抱っこをされてスヤスヤと眠った頃に、加賀谷さんが運転する車が到着した。

「専務、お迎えに上がりました」

後ろ側のドアを開き、佳さんを出迎える加賀谷さん。

「……普段は、そんな風には言わないくせに」

「そうでしたね。……皆様、昨晩はお世話になりました。こちらは専務からでございます。お受け取り下さい」

老舗の和菓子屋の菓子折を叔父さんに手渡す。

専務と呼ばれて照れている佳さんを見て、私は口元が緩んでいてニヤニヤしてしまった。

「ここでは専務とか言うのは止めて。本当は昨日お渡しするはずでしたが、渡す機会を失ってしまいました。お世話になりました。今後とも宜しくお願い致します」

佳さんは母と叔母さん夫婦にお礼を言い、迎えに来た加賀谷さんの車で会社に向かう。

「目の保養が居なくなってしまったわね……」

叔母さんは佳さんが帰ってしまい、ガッカリしている。

「佳君の会社は確か……、社長一代で築いた大手外食産業だったよな。これからもどんどん成長していく企業だと思うぞ」

「そうよね、理咲ちゃんが嫁ぐことになるお家の会社だもの。どんどん成長してもらわなくちゃ……！　佳歩ちゃんの為にもパパには頑張ってもらわなきゃね」

叔父さんと叔母さんは佳さんを見送りながら、会話をする。

叔父さんは元々、証券会社のサラリーマンだった。

脱サラをして、のんびりとした町に引っ越しをした現在は近場の工場で働いている。

叔母さんも元キャリアウーマンだったが、現在は週四回のスーパーのパートで働いている。

「さて、少し早いけど御飯にしましょうか！　理咲ちゃんはお昼寝から起きたら、少しずつ荷造りしちゃってね」

「はい……！」

私は母や叔母さんが居る時は、佳歩を預けて少し昼寝をするのが日課になっていた。

佳歩はまだ夜中に起きることが多く、睡眠不足が続いている。

これからは母も叔母さんも一緒には居ないのだから、私は一人でやっていけるかな？

「理咲ちゃん、大丈夫よ。佳歩ちゃんも三ヶ月が過ぎれば少しずつ夜に眠るサイクルが出来てくるから。もう少しの辛抱ね」

バンバン、と背中を軽く叩かれた。

母は私の考えなどお見通しといった感じだ。

叔母さん夫婦宅に住ませて頂いている代わりに、産後三週間の帯明けが過ぎてからは私が食事の準備係だ。

少しずつ家事もし始めているのだから、きっと大丈夫……だと思いたい。

佳さんと一緒に住むことは嬉しいけれど、不安も多々ある。

佳歩のお世話をして、家事をする。働きながら子育てしている女性も沢山居るのだから、私も頑張ろう。

五、家族になろう

私と佳歩は母の了承を得て、佳さんの住むマンションに引っ越しをした。

私は家出をしたようなものなので荷物の大半が実家にある。

アパートに住んでいた時も一時的な借り暮らしのようなもので大した荷物はなかった。その為、叔母さん宅からの引っ越しの時も私と佳歩の手荷物位で済んだ。

佳さんのお休みに合わせて引っ越しをして、五日が経つ。佳歩も環境の変化に怯えることもなく、普段通りに過ごしている。

「佳歩の部屋もいずれは必要になるし、もう少し大きくなったら一軒家か部屋数が多いマンションへの引っ越しも検討しなければ……」

佳さんは佳歩を抱っこしながら呟いた。

「まだまだ先ですよ」

「そうかもしれないけど、購入するならば早い方が良いから後々に検討しよう」

購入するとなれば住宅ローンのこともあるので、早めに考えたいと佳さんは言っている。

確かに佳歩の部屋も考えてあげなければいけないし、佳歩に弟や妹が産まれれば、その子達の部屋も考えなければならない。

「その前に理咲のご両親にご挨拶に行って、結婚することを認めてもらわなきゃね」

「……そうでしたね。佳さんのご両親にもご挨拶をしてないので、早めに行きましょう」

佳さんの希望もあり、引っ越しを先にしてしまった私達。

ご挨拶も入籍もしてないまま、同棲という形になってしまっていることに後ろめたさはある。しかし、佳さんには佳さんの事情があるらしく、今すぐにという訳にもいかないようだった。

「佳さん、お風呂の準備が出来てますよ」

「ありがとう。いつも通りに呼んだら、佳歩を連れて来て」

「分かりました、佳さんが呼んだら連れて行きます」

引っ越ししてから、佳さんが早く帰れる日は佳歩をお風呂に入れてくれている。

佳さんが先に入って自分の髪と身体を洗った後に呼ばれ、佳歩を浴室に連れて行くのがルーティーン。

佳歩も嫌がらずに入って、お風呂の後は赤ちゃん用の麦茶を飲む。

私がお風呂上がりの佳歩に洋服を着せ、哺乳瓶で麦茶を飲ませるのは佳さんの役割だ。

最初はおっかなびっくりでお風呂に入れていた佳さんも今では慣れてきたようだった。

佳さんに呼ばれたので佳歩の洋服を脱がせ、浴室に連れて行く。

「宜しくお願いします」

佳歩は気持ち良さそうに湯船に入っている。佳さんはガーゼで佳歩の首周りを優しく拭く。

佳歩がお風呂に入っている間に哺乳瓶に麦茶を準備しておく。

湯船から上がるまでに洋服のミルク汚れなどを無添加洗剤でゴシゴシと手洗いしてから洗濯機に投入する。

赤ちゃんは可愛いけれど、お世話が沢山あるので大変なのだ。

赤ちゃんの佳歩と一緒に過ごしていると一日なんてあっという間だ。だが、こんなにもベッタリ一緒に過ごす日々は今しか出来ないので幸せを噛み締めながら頑張っている。

「寝ちゃった」

「佳さん、そのままベビーベッドに寝かせて下さい」

佳さんは初めての経験にもかかわらず、抱っこの仕方やオムツ替えなど、スムーズに行っている。

仕事から帰ってきて、合間を見ては育児書も読んだりして、いつも熱心に佳歩に向き合ってくれていた。

「佳さん、遅くなりましたけど……夕食にしましょう」

今日はいつもよりも少しだけ、佳さんの帰りが遅かった為に夕食の時間が遅くなった。

「いただきます」

佳さんは佳歩を寝かせてから、キッチンにあるテーブルに座って夕飯を食べ始めた。

「理咲、この鯖の味噌煮美味しい」

「電気圧力鍋を使って煮てみました。こんなに骨まで柔らかく美味しくなるなんて自分でもビックリです」

今日の夕食は和食。

佳さんは、私と離れている間に電気圧力鍋が便利だと聞いて購入した。

朝起きて下準備をして、帰ってきた時には調理が出来ている仕組みだ。

佳さんは朝の時間に余裕がないらしく、結局は使わずにしまっておいたらしい。

私は佳さんから電気圧力鍋を引き継ぎ、レシピを調べながら色々と挑戦している。

「電気圧力鍋も理咲に使ってもらえて嬉しいと思うよ。俺は一度で断念したから」

「佳さんはお仕事忙しいのですから、仕方ないですよ。私は今、佳歩のお世話をしながら毎日の献立を考えて、散歩をしつつ買い物もして、佳さんの帰りを待っています。私だけ、こんなにも幸せな毎日を過ごしても良いのかな？　って思います」

「私だけ……じゃなくて、俺も一緒だよ。こんなにも幸せな毎日は初めてだ」

佳さんは私のどんな料理でも喜んで食べてくれる。電気圧力鍋で調理したものも、たまには失敗もある。

佳歩がご機嫌斜めで泣き止まなくて辛い時も、一緒に居る時は手助けしてくれる。

佳さんが抱っこしてあやしている内に泣き止んで寝る時もしばしばあり、パパの存在は偉大だと感心する。

「佳歩に離乳食を食べさせたり、一緒に遊んだり、これから楽しみなことが沢山ある。理咲を探し出せなかったら、この幸せが全部なかったかと思うと考えたくもないな」

「そうですよね、現在の生活に慣れてしまったから想像すると怖いです……」

佳さんは離乳食を作るのも楽しみにしていて、育児雑誌を熱心に眺めては育児用品を購入しようとしている。

お持ち帰りした仕事も手付かずのままに、佳歩の身の回りのお世話グッズのネットショッピングのサイト閲覧に没頭している時もある位だ。

大抵は『今、ある物で大丈夫です』とお断りしているが、そんな時はシュンとしている。

落ち込んでいる佳さんには申し訳ないのだが、佳さんの色んな顔が見られて嬉しいと私は思う。

「可愛い理咲の顔を見ながら食べる夕飯は、尚更、美味しい」

しれっとした言い方をしながら副菜を食べる佳さん。少し照れているのか、私の顔は見ない。

「……わ、私は、佳さんの顔を見ながら食べる夕飯は、逆に味なんて分からないです。自分の作ったものだから余計に、佳さんの綺麗な顔には負けちゃうんですよ」

「綺麗？」

「そうです、綺麗に整い過ぎてる位です。だから見惚れてしまって、あんまり味が分からない」

初めて一緒に御飯を食べた日はそれ程まで意識はしてなかったのだが、お付き合いを始めてからは妙に意識をしてしまっている。

自分のモノになった途端に独占欲が生まれた。

完璧なまでに好み過ぎる佳さんを無条件に眺めていられる為、独り占めできる時間は思わず見入ってしまうのだ。

「綺麗とか言われたのは理咲が初めてだな。会社ではいつも、怖いとか言われてるから」

「私は全然怖くないですけども？」

きっと、佳さんの二重だけど切れ長な瞳に釘付けになってしまうのが怖くて、拒絶したフリをしているのだろう。

「理咲はそうだろうね。初めて会った時から俺に対して優しい態度だった。俺がお客だったっていうのもあるだろうけど、それだけじゃない優しさが溢れていたから」

「私、そんなに優しくないと思いますよ？」

普段はクールで寡黙な佳さんは、私の前や佳歩の前だと違う顔を見せる。加賀谷さん、彼の前では知らない佳さんが沢山出てくる。

たわいのない話をしながら夕食を済ませると、後片付けを手伝ってくれる。

「すみません、片付けまで手伝って頂いて」

私はテーブルを拭き、佳さんはお皿を元の場所に戻す。

「理咲、いつまでも他人行儀をしない。俺達は家族になるのだから」

「そうですよね、気をつけます」

コツン、と軽く拳で頭を叩かれる。

佳さんはテキパキと残りの後片付けを手伝ってくれて、私がお風呂に入っている間にノンカフェインの紅茶も用意してくれた。

「お取り寄せしてみた紅茶だけど、どうかな？」

「わぁっ、ふんわりと良い香りがします。苺の紅茶ですか？　……美味しい！」

甘い香りが漂い、心が和む。

隣同士に並んで飲む紅茶がこんなに美味しくて、幸福な時間だということを改めて実感する。

「つい先日まで、理咲が居なくて一人で御飯も食べてたとは思えないな。今、目の前に理咲が居るから、そのこと自体が夢みたいだ」

佳さんはカップを片手にしみじみと語る。

「私こそ、夢みたいです。今がこんなにも幸せだから、夢から醒めてしまったらと思うと怖くなります」

目が合った時、佳さんと微笑み合った。

シングルマザーとして新たな一歩を歩き始めた時の決意は現在の生活によって、かき消される。

悩んで苦しんで、それでいて前向きに生きようとした時、それも今では良い思い出だ。

佳さんの前から姿を消してから、約十一ヶ月の月日の隙間があった。

家族として一緒に生活する、その幸せが約十一ヶ月の月日の隙間をいとも簡単に埋めていく。

「理咲のご家族にご挨拶が済んだら、まずは佳歩の認知届を出す」

「認知届？」

「調べたら戸籍に関する決まり事があるらしい。佳歩は紛れもなく俺の娘なのだから、任意の認知届を出してから入籍届を出す」

「調べてくれてありがとうございます」

「区役所は土日も認知届と入籍届を受け付けているらしい」

「そうなんですね。土日も受け付けしているのならば、二人で出しに行けますね」

「ご挨拶したその日に行くのは佳歩が疲れてしまうだろうから、日を改めての後日にしようか？」

「その方が良いかもしれません。うわぁ……、今からドキドキしちゃいますね」

二人で区役所に行き、認知届並びに入籍届を提出することを考えるだけでドキドキする。

付き合い始めて月日が経たぬ内に妊娠が発覚して、佳歩が産まれた。

佳さんとの付き合いの期間は浅いが、お互いに惹かれ合い、信頼しているからこそ月日の長さは気にしない。

「理咲も佳歩も俺の手の届く範囲に居てくれるから焦ってはいないけれど本音は一刻も早く形式上でも家族になりたいと思っている。たった紙切れ一枚のことなのに、理咲を独占出来ると思ったら、こんな喜ばしいことはないな、って思うよ」

佳さんは真っすぐに私を見ながら、気持ちをぶつけてくる。

「わ、私も佳さんを独占出来ると思うと嬉しいです。入籍したら、もう……、誰にも遠慮なんていらないですよね？」

「そうだよ、遠慮なんていらないんだよ。だから、今まで離れていた分の時間を取り戻したい」

佳さんは私の頭を優しく撫でて、自分の胸元に抱き寄せる。

佳さんの心臓の音がトクン……トクン……と規則正しく聞こえてきた。

「これからは家族三人の思い出を沢山作りましょうね」

私は佳さんに力強く抱き着いて、温もりを確かめる。

スーツ姿じゃない佳さんは前髪を下ろしていて、年齢よりも若く見える。

「理咲、顔を良く見せて」

少し間を置いてから、佳さんの声が聞こえて上を向く。

「もう、理不尽なことで泣かせないからな。俺を信じてついてきてくれないか？」

「はい、頼りにしてます。私は佳さんを信じていますよ」

私達はお互いの顔を見合わせ、瞼を閉じる。

重なり合う唇が触れ合うだけでは足りなくて、佳さんは私をソファーに押し倒す。

離れていた期間の隙間を埋めるように、何度も何度もキスをする。

「け、い……さ……、んっ」

佳さんのマンションに引っ越しをしてから、初めてのキスだった。最初は優しく触れるだけのキスだったが、次第に激しく求め合うようなキスに変わっていった。

「理咲に触れたい」

佳さんは真上から私を見つめる。

私の答えなど待たずに手を伸ばし、ナイトウェアのボタンを一つずつ外していく。

久しぶりに佳さんに求められ、胸が高鳴っていく。

上から三つ目のボタンを外そうとした時、リビングの端のベビーベッドの方から、佳歩の声が聞こえた。

「ふぁぁ……、ふぇっ……」

少しずつグズり始めて泣き出す。

「残念……！　続きはまた今度ね」

佳さんは私を置き去りにして、佳歩の元へと向かう。

私は佳歩が泣いているのに呆然としてしまった。

「理咲、佳歩が泣き止まなさそう。お腹空いたのかもしれないね？」

佳さんは佳歩を抱き上げて、私の元へと連れて来る。

「そうですね。ミルクを作って来ます」

夜に起きてしまった時は母乳よりもミルクにしている。佳さんの温もりの余韻に浸りながら、ミルクを作り始める。

佳さんがソファーに座り、佳歩にミルクをあげると勢い良く飲み始めた。

「佳さんは良いパパですね。お仕事で疲れているのに、こんなにも沢山の面倒を見て頂いて、ありがたいです」

「俺は佳歩がとても可愛いからしてるだけだよ。それに昼間は理咲と佳歩とは一緒に居られないし、少しでも理咲を助けてあげたい。決して、義務としてじゃなく、自分の意思でそうしているんだよ」

佳歩は余程、お腹が空いていたのか、ミルクをペロリと飲み干した。

佳さんは新米パパとは思えない手馴れた手つきで、佳歩を縦抱きにしてゲップを出させる。

「……ケプッ」

小さく佳歩がゲップをした。

佳歩はたまに飲み過ぎて、ゲップと一緒にミルクを吐き出してしまうが今回は大丈夫だった。

「私、佳さんが夫で良かったです。こんなにも素敵な旦那様は居ないです」

「お褒め頂き、ありがとうございます。俺も奥さんが理咲で良かったよ。育児が大変な中、俺の為に毎日欠かさずに料理をして、可愛い娘も産んでくれた理咲に感謝する」

私達は微笑み合う。そんな時、タイミング良くも佳歩が「あぅー」と声を出した。

「佳歩もありがとうって言ったのかな？」

「それとも、パパ大好きかもしれませんよ？」

たわいもない会話をしながら、佳歩を寝かしつける。

立ちながら佳歩を抱っこして、ゆらゆらと優しく揺らす。

佳歩の目はパッチリ開いていて眠る気配がなさそう……。

「佳歩、今日は皆で寝ような！　俺、先にベッドに行ってるから消灯お願い」

佳さんと佳歩は先にベッドに向かう。

私は寝る支度をして消灯をしてから、寝室へと向かった。寝室の扉を開けると、二人はスヤスヤと寝ていた。

佳歩はあんなにも起きている気満々で目をパッチリ開けていたのに、寝るのが早業過ぎて呆気に取られる。

私だとなかなか寝ない時もあるのに、佳さんと一緒に寝たらすぐに寝てしまうなんて……。

もしかしたら、佳歩はベビーベッドよりも安心出来るのかな？

確かに私達の寝ているベッドだと温もりを感じられて、良いのかもしれない。

佳さんのベッドはクイーンサイズで広さも充分あるので、今日から三人で寝ることにしよう。


「ふぇ……ふぇ……」

朝、五時。佳歩がグズり始めて、起き出す。佳さんがまだ眠っているので、起こさないようにベビーベッドまで連れて行く。

一先ず、オムツを交換して、その後に授乳をする。

段々と夜に眠る時間は長くなってきた。

私自身も夜に少しでも長く眠りにつけると、昼間の眠気も多少違う。

「おはよう、理咲、佳歩」

授乳が終わり、佳歩をベビーベッドに寝かせた時に佳さんが起きて来た。

「おはようございます。起こしてしまいましたね、ごめんなさい……」

「理咲が謝ることじゃないよ。せっかく早起きしたから、今日は俺が朝御飯を準備するよ」

佳さんはベビーベッドの横に来て、佳歩を見ながら私に伝える。

「え、佳さんはこれからお仕事があるので私が準備しま……」

最後まで言い切らぬ内に佳歩がグズって泣き出した。

佳さんが慌てて、抱っこをしても泣くのが収まらない。

「はい、佳歩はママが良いみたいだよ」

佳さんから佳歩を預かり、抱っこをする。抱っこをしても泣き止まないので、眠いのかもしれない。

お尻を優しくトントンして、ゆらゆら揺らす。佳歩の目はトロンとしてきて、チュッチュッと指しゃぶりをする。

「流石、ママだね。もう佳歩が眠りそう」

隣に居た佳さんは佳歩の様子を見ては、小声で私に話しかける。

「佳歩のこと、宜しくね」

そう言い残し、佳さんはキッチンに向かう。完全に佳歩が寝付くまでには時間がかかった。

佳歩を寝かしつけている間に、佳さんは朝御飯を作ってくれた。

「ごめんね、理咲みたいには上手く作れないけど……」

「そんなことはないですよ！　とても美味しそう」

ホカホカの湯気が出ていて、良い香りが漂う。

サラダを添えたハムエッグにチーズトースト。どちらの焼き加減も丁度良さげで、食べるのが楽しみ。

「先に食べてて。俺もすぐに食べるから」

「ありがとうございます。いただきます！」

せっかくだから、佳さんの作ってくれた朝御飯を温かい内に遠慮なく頂く。

「卵が半熟で美味しいです。チーズもとろとろ……！」

朝から幸せな気分に包まれる。

「今日はカフェオレね。ノンカフェインだから大丈夫だよ」

カタン。佳さんは食事をしている邪魔にならない場所に、大きめなカップに注がれたノンカフェインのカフェオレを置く。口に含むと、ミルクたっぷりで美味しい。

一口一口、味わいながら朝御飯を頂いた。完食した後に少しだけ、佳さんとの会話を楽しんだ。

「美味しい朝御飯を頂いて、今日も一日頑張れます！」

「喜んでもらえて良かった。さてと、名残り惜しいけど、後片付けをしたら仕事に行く準備をしなきゃいけないな」

「後片付けはお任せ下さい！」

「ありがとう。お言葉に甘えることにする」

後片付けをした後に佳さんを見送り、罪悪感を覚えながらもソファーに横になる。

ごめんなさい、佳さん……！

午前中、佳歩が寝た時は私もお昼寝タイム。この少しのお昼寝がとてつもなく気持ちが良く、体力温存にも繋がる。

眠気が覚めたら、天気の良い日の午後は散歩しながらの買い物タイム。

天候不順の日は、佳歩と一緒に外に出るのは不可能な為、天気の良い日にまとめ買いをしておく。

佳歩がご機嫌な内に掃除や洗濯。私の一日はこんな感じで過ぎて行く。

今、出来る限りのことを精一杯頑張る。

「理咲、何か良いことがあった？」

佳さんが帰宅後、玄関先で私の様子を窺いながら聞く。

佳歩を抱っこしながら佳さんを出迎えた時、あまりにも顔が緩んでニコニコしていたらしい。

「実は……、公園にお散歩に行ったら、佳歩と同じ歳の赤ちゃんに出会いました。その子のママとママ友になりました。初ママ友です！」

「良かったね。近所にママ友が居ると心強いね」

いつも通りにお散歩していたら、たまたまベビーカーを押している女性に遭遇した。

お互いに目が合って、「こんにちは」と挨拶したことから繋がる。

初めてのママ友さんの赤ちゃんは女の子で、あちらは四ヶ月に近い赤ちゃん。

丸々一ヶ月違うだけで、赤ちゃんの成長ぶりが著しい。

話が弾んで、電話番号とメッセージアプリのＩＤも交換した。

彼女は遠距離恋愛の末に結婚したと言っていた。結婚を機に遠方から引っ越してきて、知らない土地で頑張っているらしい。

「はい、今度、ママ友さんのお宅にも招待されました。行ってきても良いですか？」

「勿論だよ。行っておいで」

子供みたいに頭をグリグリと撫でられる。

「ありがとうございます。嬉しいです」

「理咲、俺に遠慮しなくて良いから、沢山、自分の好きなことをやって良いんだよ。

そして、今日みたいに嬉しいことを報告してくれたら俺も嬉しい」

「佳さん……」

佳さんはなんて素敵な方なのだろう、と改めて思う。

世の中のイクメンパパには申し訳ないけれど、ナンバーワンは勿論、佳さん。育児雑誌に投稿して、佳さんを知らしめたい位に完璧。

「佳歩が起きている内にお風呂入れるね。スーツのままで浴室行って良い？」

「はい、大丈夫です。佳歩を連れて行った後にスーツは回収します」

佳歩はご機嫌に「あー、うー」と話している。毎日見ているのに可愛過ぎる。

佳さんが佳歩をお風呂に入れてくれている間に、夕飯の準備に取り掛かる。

料理はしてあるから、電子レンジで温めたりする。

お風呂上がりの佳歩はご機嫌が続いていたので、移動式のベビーベッドに寝かせ、キッチンに連れて行く。

「今日の佳歩はご機嫌だな。佳歩もお友達が出来て嬉しいのかな？」

「そうかもしれませんね。佳歩も初めてのお友達ですからね」

佳歩は声を出しながら、足をバタバタさせている。

時には大きく声を上げると、『こんなに大きい声が出るのか！』……と佳さんが驚いている。

「嬉しいついでに理咲に報告がある。明日の午後、行きたい場所があるからついてきてくれないか？」

夕飯を食べる手を止めて、佳さんは微笑む。

「はい、構いませんよ？　佳歩も一緒でも良いなら……」

「構わない。明日は半休を申請した。午後三時位に迎えに来る。会社を出る前と着いた時に連絡を入れるから、マンション前のロータリーまで降りてきて」

「分かりました。出かける準備をして待っていますね」

行き先は気になったが、特には聞かずにその場は流してしまった。

翌日、佳さんから『今から職場を出るから、あと三十分後にロータリーに降りてきて』とメッセージが届いたので、言われた通りにマンションのロータリー付近にて待機する。

佳さんは加賀谷さんの運転する車で来るのか、タクシーで来るのか、私は何も確認していなかった。

予定時刻よりも十分程の時間が経過した頃に、一台の黒い車がロータリーに入って来た。

「ごめん、遅くなって。後部座席に乗って！」

運転席に乗っていたのは佳さんだった。

後部座席には、佳歩のチャイルドシートも用意してある。

佳歩を乗せて、ベルトを装着する。

「……あれ？　加賀谷さんが運転しているのかと思いました！　しかも、車も違う？」

加賀谷さんが運転する車とは車種が違っている。

「あれは社用。これは俺の自家用車。先日、迎えに行った時は急を要したから、社用を使って加賀谷が運転してくれたんだ」

「そうでしたか！　佳歩のチャイルドシートも付けて下さり、ありがとうございます」

私は佳歩と一緒に後部座席に乗っているが、静かで丁寧な運転が心地好い。それから、綺麗に掃除してある車内が佳さんらしい。

「普段はあまり車を使う機会がないから、マンションの駐車場に停めてあるんだ。これからは、車を家族の為に使えるから良かったよ」

佳さんの話によると、車で会社まで行かないのは、電車に乗っている時間で考え事をしたり、座れた時には本を読んだりする時間に充てているそうだ。

〝家族〟と言う響きが慣れなくて、くすぐったいが、佳さんが本当に私達のことを考えてくれているのが分かる。

「電車みたいに発車の時間を気にしたり、周りの目を気にしたりしなくて良いのも利点だな」

「遠出する時にも車があると便利だから、良いですね。でも、私はペーパードライバーだから運転は交代出来ませんけど……！」

「大丈夫だよ、俺が運転するから」

話をしながら慌てふためく私が面白かったのか、佳さんは笑っている。

私はそんな佳さんを後部座席から眺める。

佳歩が居るから仕方ないのだけれども、助手席にも乗ってみたいなと思ってしまった。

間近で運転している佳さんを見たい。

「いつか、理咲と二人でドライブしたいな」

「叶うならば夜景を見に行きたいです！」

「覚えておくよ」

二人きりのドライブはなかなか難しいと思う。佳歩が大きくなり、親離れをした時までお預けかな？　今は三人の時間を大切にしよう。

「ところで、今日はどちらに行かれるのですか？」

両親へのご挨拶に行く時は事前に日取りを決めようと言われているので、それは違う。……だとしたら、佳さんの行きたい場所とはどこだろう？

「本当は着くまで内緒にしたかったけど……、まぁ、いいか。ジュエリーショップだよ」

「え？」

佳さんが一緒に来て欲しい場所とは、ジュエリーショップだった。

突然のことに驚きを隠せない。

出かけると言われたから、清楚系の服装をして来たので、外見は恥じることはないが……心の準備が出来てない。

「まだご挨拶にも伺えてないので入籍は出来ないが、理咲を独り占めする証が先に欲しい」

そんなことをサラッと言ってくる佳さんに心臓が跳ね上がる。ドキドキが加速して、大好きな気持ちが高まる。

「俺は理咲には一生、側に居て欲しい。理咲も佳歩も大切にしたい。授かり婚だから、順序が色々と不同にはなるが……、一つ一つ、叶えていくつもりだよ」

佳さんが言っているのは、お互いの両親へのご挨拶、結婚式や新婚旅行のことだと思う。

「ありがとうございます……」

嬉し過ぎて気持ちが高まり、目尻に涙が溜まっていく。零れそうな涙を我慢して、声が震えて涙声になる。

迎えに来てくれた日にも約束をしてくれたが、結婚指輪がまさかの今日だったとは。佳さんは本当に律儀な人で、約束も必ず守る。

「理咲、また泣きそうなの？　泣くとこじゃないよ、今は」

「嬉し涙です……」

「嬉し涙は禁止」

「はい……」

泣かないように必死で耐える。そんな時、車の振動で揺られて寝ていた佳歩が、泣いて起き出す。

「お腹が空いたのかも……」

「近くにコンビニがあったら寄るから、少しだけ待って」

「分かりました」

車内に佳歩の鳴き声が響く。

信号待ちの時に、哺乳瓶に持参した小分けしてある粉ミルクを入れ、熱湯と赤ちゃん用のお水の適量を入れて上下に振る。

タイミング良くコンビニに辿り着いて、無事に佳歩にミルクをあげることが出来た。

「子連れでも大丈夫なのでしょうか……？」

再び、車が出発した時に聞く。

「大丈夫、確認済みだから。今の世の中、授かり婚も多いから、子連れも歓迎のショップらしい」

佳さんは事前にネットで調べてくれていた。私が気にするだろう事柄も勘づいていて、抜かりがない。

完璧なまでの良きパパであり、近い将来に私の夫になる人だ。

佳さんが見つけてくれたジュエリーショップ付近に辿り着く。

少し離れている場所のコインパーキングに車を駐車し、佳歩をベビーカーに乗せて連れて来た。

「わぁ……！　凄い！」

外観自体が煌びやかな建物は、堂々と主張していて圧倒される。

二階建てでシンプルだけれども美しい。見た瞬間、私は怯んでしまう。ジュエリーショップなんて立ち入ったこともない。私は、ジュエリーショップを見ただけで心拍数が上がってしまう。佳さんは全く怯まずに店内へと入って行く。

上品な女性スタッフ達が出迎えてくれて、アクセサリーが入ったガラスケースがずらりと並べられ、『私を見て』と言わんばかりに個性をアピールしている。

「予約していた小鳥遊です」

「いらっしゃいませ、小鳥遊様。お待ちしておりました。こちらへどうぞ」

私はベビーカーをゆっくりと押しながら、恐る恐る佳さんの後をついて行く。

「店内をご覧になってからの方が、オーダーメイドのイメージが湧くと思いますので、まずはごゆっくりとご覧下さいませ」

思いもよらない言葉に、私は僅かに目を見開いた。

「理咲には納得のいく仕上がりの指輪をして欲しいから、オーダーメイドも希望してある」

キラキラと輝くジュエリー達を前にして、佳さんは驚きの発言をする。

私は思わず、オーダーメイドという言葉に対しても躊躇してしまっていた。

「小鳥遊様、ご覧になって気に入った指輪があれば、間近で見てみませんか？」

私達の担当の店員さんが声をかけてくれた。私達は言われるがまま、ベビーカーを押しながら指輪を見て回る。

どれも素敵だけれども、指輪を指に嵌めた時にダイヤが綺麗に見えるタイプの指輪が良いな。

「この指輪、素敵……！」

正面に見える部分が緩やかに右上にカーブしていて、小さなダイヤがちりばめてある指輪。

「この形をベースにした指輪が何種類かございます。ご覧になりますか？」

「はい、是非お願い致します！」

最終的にはオーダーメイドではなく、最初に気に入った結婚指輪を選んだ。指輪の内側には、それぞれの誕生石と名前の刻印入り。

指輪を選んでいる間、佳歩は足をバタバタさせてご機嫌だったので安心した。

ジュエリーショップの外に出た時には、空は既に暗くなっていた。ショップが建ち並んでいる通りは、格段と明るい。

「佳歩、偉かったな。店の中で一度も泣かなかった」

帰りは佳さんがベビーカーを押し、佳歩を覗き込みながら言った。

「佳歩はご機嫌で足をバタバタさせてましたよ。今から、こんなにお利口さんでどうしましょう？」

「理咲は親馬鹿だな」

「佳さんだって、そうですよ」

お互いの目を合わせて、微笑む。

「……お腹空いたかも」

ぐぅーきゅるる……。

行き交う人々が交差していく中、佳さんのお腹が鳴ったのが僅かに聞こえた。

初めて聞いた佳さんのお腹の音。

「あはは、御飯はすぐ食べられるように準備をしてあります」

「流石は俺の奥さんだな」

「お褒め頂き、ありがとうございます。そろそろ帰りましょうか……？」

「そうだな。佳歩も疲れただろうしな」

今日は帰って来てからすぐに夕食に出来るように、ビーフシチューのレシピを電気圧力鍋にセットしてきた。

フランスパンも用意してあるし、副菜とサラダも作っておいた。

「佳歩は寝ちゃったの？」

「そうですね、わりかしすぐに寝てしまいました」

「そっか。だったら、少しだけ遠回りをして帰ろうか？」

車に乗った佳歩はすぐにスヤスヤと寝てしまったので、佳さんは私の願いを叶えるべく、少しだけ遠回りをして夜景を見せてくれた。

二人きりのドライブではないし、助手席でもないが、家族三人のドライブでも充分に嬉しい。夜景の前を車で通り過ぎるだけだったが、佳さんの心遣いが嬉しくてキュンとときめく。

佳歩は寝過ぎてしまい、その夜はなかなか寝付かずに深夜三時まで起きていた。

流石に朝は起きられずに寝坊してしまったが、佳さんは私に朝食を用意してくれていた。仕事だというのに申し訳なく思う。

家族三人で過ごす日々が、物凄く貴重な時間だということに気付かされる。

佳さんがお迎えに来てくれて、家族になれて良かった。佳さんと佳歩がとても愛おしい。

六、それぞれの覚悟

私と佳さんと娘の佳歩と三人で仲睦まじく幸せに暮らしていた。

暮らし始めて一週間が経とうとしていた時、佳さんのお兄様から便りが届いた。

「おかえりなさい、佳さん。残念ながら、佳歩は寝ちゃいました」

「ただいま。お風呂に一緒に入るのを楽しみにしてたけど、遅くなってしまったから仕方ないか」

佳さんが帰ってきたので、玄関先まで出迎える。

今日はいつもよりも佳さんの帰りが遅くなってしまったので、佳歩は先にお風呂に入れていた。

抱っこも出来なかった佳さんはガッカリしていたが、佳歩の寝顔を見に行っては癒されていたようだった。

「今日、郵便受けにお手紙が届いてました。差出人は小鳥遊律《りつ》さんと書いてありますけど……？」

佳歩が眠るベビーベッドから離れた佳さんに、手紙を手渡す。

「ありがとう。間違いなく、兄からだね」

佳さんは私から手紙を受けると、早速、中身を確認していた。

一通り、内容を確認した後に私に話し始めた。

「兄は奥さんと子供と一緒に離島でのんびりと暮らしているそうだ」

「そうでしたか……。いつの日か、佳歩を連れて会いに行きたいですね」

テレビでしか見たことはないが、観光地としても有名だ。

離島まで行くには何時間もかかるが、透き通る海があり、都心のざわめき一つ感じない静かな場所。

「理咲にも是非、手紙を読んで欲しい」

「私が読んでも良いのですか……？」

「今後の為にも、理咲にも知っていてもらいたい事柄がある」

「分かりました、では遠慮なく読ませて頂きます」

佳さんはスーツを脱がずにソファーに座ったので、私もその隣に座る。

いつの間にか、そっと隣に座ることにも慣れてきた。

手紙の内容は、『任せるとだけ言って、居なくなってしまった俺を佳は許すことは出来ないと思う。しかし、子供の頃から佳が会社を継ぎたいと言ってたのは知っていたし、自分よりも向いていると思っていた。いつ帰って来るかも分からない俺を待たなくて良い。虫の良い話で申し訳ないのだが、会社と両親を宜しく頼む』とあった。

その他には奥様のこと、お子様の名前とエピソードが書いてあった。

お子様は二人居て、どちらも男の子だそうだ。

お兄様と佳さんは似ているのかな？　似ているとしたら、お子様は佳さんの子供時代に似ているのかな？　などと想像を膨らませながら、手紙を拝見した。

「理咲？　顔が緩んでるけど、どうした？　面白いことは書いてないと思うんだけどなぁ……」

「え……？　そんなに顔に出てましたか？」

指摘された私は、次第に頬が熱くなっていく。

「かなり、ね」

「恥ずかしい……。実は、佳さんとお兄様の律さんが似てると仮定して、お子様が男の子なので子供の頃の佳さんに似ているのかな？　と思いました。もしも似ていたら、子供の頃の佳さんを見ていられるんじゃないかと考えて、嬉しいなぁ……って思って。色々と想像し始めたら、お兄様のご家族に早く会いたくなりました」

佳さんは肩を震わせて、おおらかに笑う。

「ははっ、理咲はそんなことまで考えて手紙を読んでたの？　どうりでそんなに長い手紙じゃないのに、真剣に時間をかけて読んでると思ったよ」

「だって、気になってしまったので仕方ないですよ！」

佳さんがポツリポツリと自分自身の話をしてくれた。

実は、子供の頃から父親の会社に憧れを抱いていたらしい。だが、父親が兄の律さんに継がせるとばかり言っていたので、父親の前では口に出さなかった。

そして、律さんが幼なじみの彼女と結婚したかったのだが反対され、初めて父親に歯向かう。

その後に律さんと幼なじみの彼女は駆け落ちをした。佳さんが言うには駆け落ちしたのは四年と半年前位らしい。以来、佳さんは父親の道具のように扱われ、会社に尽くすように言われてきた。

「佳さんは幼いながらに憧れていたんですね。働くお父様が素敵に見えたんだと思います。お兄様が言うように佳さんこそ、継ぐべき方なのではないですか？」

「父は兄に継いで欲しかったんだ。幼いながらも、そんなことをひしひしと感じていた。本当に俺が継いでも良いのか分からないんだ」

「弱気になったら負けですよ。お兄様のお墨付きと絶対的な希望案件なんですから、継ぐべきです。今まで愛情を持って会社に尽くしてきたのですから、きっと大丈夫ですよ」

「理咲の正義感の強さを見習いたいよ」

佳さんはそう言いながら、私の肩を抱き寄せる。

「佳さん……」

私は思わず、佳さんの顔を見上げてしまう。

「兄と父との狭間で嫌気がさした頃に理咲と出会ったんだ。兄からの手紙を読んで、更に理咲に後押しされて、やっと会社を継ぐ決心が出来たよ」

「良かったです。余計なお世話かもしれませんが……、これで、お兄様もお父様も安心出来ますし、会社も安泰ですね」

私はおかしなことを言ってしまったのか、佳さんはクスクスと笑っている。

「わ、……私、おかしなこと言いましたか？」

慌てふためいている私を他所に未だに笑い続けた。

「俺も理咲ぐらい、心がしっかりした説得力のある立派な上司になりたいな」

「私は佳さんの上司さんではありませんよ……？」

「理咲が上司でも俺は、やっぱり好きになってたなぁ……って思って」

「……そ、そんなこと」

冗談でも面と向かって、そんなことを言われたら恥ずかしく思い、目線を逸らした。

「理咲に出会えて良かったよ。知らなかった世界を沢山見せてくれる」

そう言いながら、私の顎に指をかけて上向きにする。

「理咲……、好きだよ」

優しいキスを落とし、額と額をコツンと合わせる。お互いの目を見ながら、佳さんは囁く。

「理咲と佳歩を一生かけて幸せにするから、これからも隣に居て俺を支えて欲しい」

頭を撫でている手からも、優しい顔付きからも、佳さんの愛情が零れ落ちそうな位に満ち溢れているのが分かる。

佳さんから愛情を注がれ、私も大好きな気持ちが止められない。

「私も佳さんと共に生きて行きたいです。家族も増えたことですし、幸せも苦難も共に分かち合えると良いですね」

佳さんにピッタリと寄り添い、抱きしめた。佳さんの温もりを感じた。

「俺が結論に迷った時は、今日みたいに理咲が後押しをして導いて欲しい」

「私は自分の意見を言ったまでですよ？」

「理咲はそういう風にしか思ってないかもしれないけれど、それで俺自身が強くなれるんだよ。だから、俺には理咲が居なきゃ駄目なんだ」

初めて、自分以外の誰かに認められた気がした。

一流校の受験にもことごとく失敗してきた為、父には〝お前は駄目人間〟だと烙印を押されていたし、認めてくれたとしても、所詮、それは銀行頭取まで上り詰めた父の力だった。

「ありがとうございます。私も佳さんが傍に居てくれなきゃ駄目です。佳さんが迎えに来てくれて、本当に良かった……！　こんなにも幸せになれるだなんて夢にも思わなかった……」

婚約者が居るからと諦めた日を思い出すと涙が頬を伝った。

あの時は絶望しかなく、暗闇を進んでいるような感覚だった。

今はまるで暗闇を抜けたトンネルのように光が差し込み、美しい景色が広がっているかのようだ。

「理咲……、泣かないで。待たせた分まで必ず、幸せにする。その為にはまず、近い内に互いの両親の元に行こうか」

「はい……」

私は佳さんのご両親に会うのも、自分の父に会うのも不安でしかなかった。

父に言われ続けてきた〝出来損ない〟の私は、受け入れてもらえるのだろうか？

佳さんに迎えに来てもらえたからと喜んでいたが、私達には乗り越えなければいけない更なる試練があった。


土曜日、ケジメをつけると言って、佳さんが自分のご両親の元に私達を紹介しに連れて行った。

ちょうどその時に相宮さんも佳さんのご両親の元を訪れていた。

「お邪魔しております」

相宮さんは、佳さんと私に嫌がらせはしないと約束をしたはずだったのだが……。

佳さんのお家の家政婦さんにリビングに通されたが、そこには相宮さんが座っていたのだった。

「佳……、その方はどなた？」

私と佳歩を見たお義母様は不思議そうに私達を見る。

「一ノ瀬理咲と佳歩です。いずれは妻になる人と自分と血の繋がりのある娘です」

優雅に紅茶を飲んでいた相宮さんの顔付きが一瞬で凍り付いた。

「久しぶりに実家に顔を出したと思えば……！　相宮さんのお嬢さんの婚約を断っておきながら、どこの誰かも分からない娘に子供を産ませていたなんて、何と馬鹿なことを……！」

佳さんのお父様は怒り狂い、佳さんの胸ぐらを摑んだ。

「私は理咲と入籍をして、佳歩と三人で暮らします」

「どこの家の出かも分からない娘を嫁に迎えるなどあるはずがない！　お前、婚約の話を断っておきながら何様なんだ？」

「元々、相宮さんとは婚約を結んでいませんし、前々からお断りしていたはずです。相宮さんのご両親からもそれで良いと了承を得ているはずですが？」

「だから、なんだと言うんだ？　律が婚約破棄をしてから、相宮さんのご両親には頭が上がらないんだぞ。お前は素直に俺の言うことに従えば良いものの……！」

加速していく言い合いに反応して、佳歩が泣き出した。

「すみません、今、静かにさせますので……」

私は佳歩をあやすが一向に泣き止まない。もしかしたら、お腹が空いてしまったのかもしれない……。

「理咲さんでしたか？　授乳でしたら、こちらへどうぞ」

「ありがとうございます」

佳さんはお義母様似なのかもしれない。目元が良く似ている。

「改めまして私は一ノ瀬理咲と申します。それから、娘の佳歩です」

「佳から電話で貴方のことは聞いていたわ。実は無事に紹介が出来るまで、夫には内緒にして欲しいと言われていたの。聞いた時にはとても驚いたけれど、孫が出来たなんて夢のようで私には嬉しかった。それにこんなに可愛いお嫁さんが来るなんて、私も嬉しいわ」

別室に案内され、椅子に座って授乳をさせて頂いている。

お義母様も椅子に座り、私達を見守る。

「佳から聞いていると思うけれど、兄の律は駆け落ちしてから一度も顔を見せに来てない。孫も産まれたみたいだけど、夫が頑固なせいで一度も会えてないの」

話を聞くと、駆け落ちをした律さんを勘当したらしく、一度も実家には来ていないらしい。

「律をあんなにも可愛がっていた人だったから、ショック過ぎて会うこともままならないのね……。佳と貴方は、あの人に負けないで。私は貴方達を応援するわ」

佳さんのお母様は私を受け入れてくれているのか、とても優しく接してくれる。

「佳には話していないことがあるの。実は……、律の駆け落ちの手伝いをしたのは私なの。佳には悪いことをしたと思っているけれど、律は佳が会社を継ぎたいと思っていることも知っていた。私はどちらが跡継ぎでも構わないと思っていたの。だから、どちらの気持ちも考慮してあげたくて律を跡継ぎ問題から解放したのよ」

「そうでしたか……」

佳さんは愛情に飢えていたと言っていたが、それは佳さん自身の思い違いなのでは？　と思った。

お義母様は、少し話しただけでこんなにも愛情深く、兄弟それぞれの気持ちを考えてくれる方だと分かった。

「後は佳の頑張り次第だと思うのよ。あの子は父親の前では、いつも律の陰になってしまっていたから、これからが頑張り時ね」

「佳さんは会社を継ぐのを迷っていたようでしたが、決心したみたいですよ」

「まぁ、それは良かったわ。ちなみに相宮さんのお嬢様とはね、佳の言う通り、婚約はしてないの。ただ、父親が彼女を気に入っているものだから、家に来ているだけで。私は佳にも好きな人と一緒になって欲しいわ。無理矢理にした結婚なんて幸せじゃないもの」

お義母様はどこか遠くを見ながら、そんなことを言っていた。

「今日はね、相宮さんのお嬢様は私が呼んだのよ。もう佳のことも諦めてもらわなきゃいけないし、貴方達が来るから丁度良いと思ってね」

佳さんのお母様は私達の味方だと確信する。

授乳を終えて、私達は部屋を後にした。

「先日、兄さんから手紙が届きました。今は離島に住んでいて幸せのようですね」

佳歩が泣いてしまってから、二人は冷静に話をしているみたいだ。

「律からの手紙など一切読んだことなどない！　もう息子でもなんでもないからな！」

私は授乳から戻るとソファーに案内されて、お義母様と共に座った。私の隣には相宮さんが座っている。

相宮さんはジロジロと佳歩を見て、頬をツンツンと指で優しく押した。

そんな相宮さんを見ていた時、不意に目が合ったけれど、思いっきり逸らされた。

意外に思ったけれど、相宮さんは赤ちゃんに興味津々なのかもしれない……。

「今まで兄が会社を継ぐものだとばかり思っていたので、口には出さなかったのですが……」

「なんだ？」

「俺は元々、会社を引き継ぐ為に子供の頃から頑張ってきました。しかし、長男である兄さんに継いで欲しいという貴方の意思を子供ながらに感じていました。それと同時に会社は手伝うことは出来ても、名義を受け継げるのは、たった一人だと知り、落胆しました」

「そんなことは当たり前のことだろう？　俺は一代で会社を築いた。当然、長男が継ぐものだと思って、アイツは厳しく育ててきた。だが、アイツは俺に恩を仇で返すような仕打ちをしたんだぞ……！」

「それでも、俺は会社を継ぐことを諦めませんでした。たとえ、自分が継げないとしても、会社を兄さんと共に守れば良いのだと。だから、勉強も必死に頑張って一流と呼ばれる国立大にも入学した。……けれども、貴方は俺のことなんか、一度も見てはくれなかった」

佳さんのお父様は怒りに満ちているようだったが、佳さんは冷静に淡々と話を続けた。

「兄さんが会社を引き継ぐ意思がないと分かった時、貴方は仕方なく俺に継ぐことを強要した。それと同時に兄さんが婚約破棄をした途端に、身を固めろと言ってきた」

バンッ。

テーブルを叩いて立ち上がる佳さんのお父様。

「それの何が悪いんだ？　会社は俺が築いたのだから、律が駄目なら佳に……、身内に継がせるのが筋だろう。社長の器になるなら、ステータスの為に身を固めろと言ったんだ！」

佳さんのお母様は何も言わずに静かに話し合いを聞いている。

この問題は、この二人にしか解決が出来ないと分かっているからこそ、助言はしないのだ。

「分かりました。俺は会社を継ぎ、身を固めます。……但し、理咲と佳歩を家族として迎えて頂けないのならば、会社は継ぎません」

「……なんだと！」

再び、お父様がテーブルを叩いた音で寝ていた佳歩が驚いて起きた。

佳歩を抱っこして声掛けをしながらあやすが、なかなか泣き止まない。

「貴方……、赤ちゃんが居るのですから、行動にはお気を付け下さい」

佳歩が泣きわめいている一大事に、沈黙を守っていた佳さんのお母様が口を開いた。

佳さんのお父様は注意を促され、「ちっ」と舌打ちをする。

私は佳歩を泣き止ませることに必死だった。

佳さんは、なかなか泣き止まずに焦っていた私から佳歩を抱き上げ、お尻を軽くトントンしながら落ち着かせる。

佳さんが立ち上がって抱っこする高さも気に入ったのか、指をチュッチュッと吸いながら泣き止んだ。

佳歩は私よりも佳さんが良かったのかな？　佳さんもすっかりパパだなぁ……。

抱っこしながら少しゆらゆらと揺らし、佳歩を寝かしつけた佳さん。

寝てしまった佳歩を私に託す。

「俺は娘の佳歩が可愛くて仕方ないし、理咲とも幸せな家庭を作りたい。それに兄さんが跡継ぎを離脱した今は、俺が頑張らねばならないと考えています」

佳さんはお義父様の目を見ながら、ゆっくりと話を始める。

「お父さんは知らなかったかもしれないが、俺は昔から会社を引き継ぐのを夢見ていた。何故かと言うと……、子供ながらに働く父の姿に憧れていたから。だから今度は、その働く父の姿を佳歩に見せたい」

「佳……」

「俺のせいで理咲にも辛い思いをさせてしまい、その上、空白の時間を作ってしまった。佳歩を危うく父親の居ない子供にするところだった。だから二人には、今までの分を取り戻すべく、幸せにしたい。それと同時にお父さんとお母さんにも今までの恩返しをする為に、会社に尽くすことを誓います」

先程までの張り詰めた空気はない。

「それから会社は俺が責任を持って継ぐ代わりに、兄さんのことを許して欲しい。理咲と佳歩にも兄さんを紹介したいし、兄さんの家族にも会ってみたい。俺はとにかく、家族として皆が仲良くしていけたら……と思っている」

佳さんが穏やかな口調で投げかける。佳さんのお母様はその言葉に感動したのか、静かに涙を流していた。真剣な表情で彼を見つめていたお義父様も、うっすらと目尻に涙を浮かべている。

しばらくしてお義父様は、相宮さんのほうに身体を向け、口を開いた。

「俺は……、相宮さんのお嬢さんと一緒になってくれれば、これから先も取引が楽になるだろうと思い、律との縁談は破談にしたものの、佳に持ちかけた。相宮さんのご両親には断ったが、冬音子さんが佳を気に入ってくれていたからこそ、裏では結婚させようとしてた。この件に対して、冬音子さんには大変悪いことをしたと思っている。

思わせぶりな態度をして、本当にすまないことをした。申し訳ない……」

そう言って、お義父様は相宮さんに対して深々と頭を下げた。

それを受けた相宮さんは一礼をして、何も言わずに立ち去った。相宮さんを追いかけようとして立ち上がったお義母様だったが、お義父様が佳さんに話を続けていたので思いとどまったらしく、再びソファーに座った。

「佳……」

「なんでしょうか？」

「家族を養うことはそう簡単なことではない。しかと肝に銘じなさい」

「はい」

佳さんはキリッとした顔をして、話を受け入れる。

「それから、理咲さん。息子が至らないばかりにご迷惑をおかけしまして申し訳ありませんでした。先程の勢いに任せた暴言もどうか、お許しを頂けたら……幸いです」

「頭を上げて下さい……！　事情も把握せずに逃げ出したのは私なんです。ですから、佳さんが私を探し出して見つけてくれた時には涙が出る程に嬉しかったです」

「佳が……？」

「そうです。勝手に仕事を辞めて、賃貸も引き払って、佳さんとさよならしたのは私なんです。それなのに、探し出して会いに来てくれました」

「そうか……。佳、理咲さん、幸せになりなさい」

佳さんのお父様は震えた声でそう言うと、私達に涙を見せないように部屋を出て行く。

「日を改めて、孫と一緒に来てくれ。今日は怒鳴って悪かったな」

私達の顔を見ないようにして、か細い声で去り際に発した。

佳さんのお母様もお義父様について行き、私達に微笑みだけを置いて行った。

「さぁ、行こうか。玄関の外で待っている人が居ると思うし……」

佳さんは寝ている佳歩を抱っこして、静かに立ち去る。

玄関の外で待っている人とはきっと、相宮さんのことだろう。

玄関先の駐車スペースには黒塗りの高級車が停まっている。

後部座席には女性が乗っていて、私達が外に出たのを確認して車から降りた。

「話し合いは済んだのかしら?」

相宮さんは棘のある言い方をし、私達とは目線を合わさないようにしている。

「兄のことは大変申し訳なく思っている。相宮さんと婚約しなくても、御社との取引が変わることはない。相宮さんにも早く大切な人が見つかることを祈る」

佳さんは相宮さんに対して、穏やかな口調で返答をする。

「別に貴方のことなんか、これっぽっちの興味もなかったの。貴方なんかよりも、もっとスペックの高い人を見つけるわ。一ノ瀬さんに負けたくないもの」

相宮さんは私達に向かって負け惜しみのようなことを言い、その場を立ち去ろうとする。

私はそんな相宮さんを見て話しかける。

「相宮さんなら、きっと素敵な人が見つかると思う」

そう言うと、車のドアに手をかけようとした相宮さんが立ち止まった。

クルリと私達の方を向いて私の目を見て話す。

「ねぇ、貴方は本当に馬鹿なの？　私、散々、意地悪したりしたわよね？　なのに、なんでそんなこと言うの？」

相宮さんが私にそう尋ねてきたが、その答えは明確だった。

「あの……、言うのが恥ずかしいから心の中に留めていたけれど、私、お嬢様の中のお嬢様みたいな相宮さんに学生時代に憧れていたの。相宮さんには沢山のお友達が居たから、近寄り難くて、話もロクに出来なかったけど。身にまとっているオーラが他の人とは違うの。気品が溢れているもの」

私は彼女に必死に心の内をぶつける。相宮さんは常に目立つ存在で、人望も厚かった。

地味な私にとってはそれもう、憧れの存在だった。

相宮さんは私の言葉に呆気に取られていたが、みるみる内に顔が赤くなっていく。

「……貴方のそういう所が私は嫌いなのよ。お人好しも大概にしたら？」

「じゃあ、お人好しついでに私ともお友達になってくれませんか？」

相宮さんとせっかく再会出来たのだから、お近付きになりたい。

こんなチャンスは二度とないのだから。

佳さんは私達のやり取りを見て、クスクスと笑っている。

「お互いにない部分を持っているからこそ、気になって惹かれ合うんじゃないのかな？」

佳さんは何気なく思ったことを口にした。相宮さんは間を置いて、溜め息をついた。

「次に会う時までに考えておくわ。出産って相当辛いのかしら？　その辺のお話を聞かせてくれる？」

「はい、今度遊びに来てね」

「しょうがないわね、私の電話番号知ってるかしら？　どうせ、貴方のことだから登録はしてあるのでしょうけど。知らなければ小鳥遊さんから聞けば良いわ。私からは連絡しないから！」

「はい、登録してあります。近い内に連絡しますね。今度は佳歩を抱っこしてあげて下さいね」

「分かったわ。では、ごきげんよう」

バタンッ。

運転手が車から降りてドアを開けようとした時には、既に車に乗り込んでいた相宮さん。車が出発する時も私達の顔は見ずに行ってしまった。

「相宮さんは理咲が大好きで仕方ないから、いじめてしまった男の子みたい」

佳さんは、私のことを見下ろしながら笑う。

「私、いじめられてもいませんよ。相宮さんは私を常にライバル視してましたけど、平凡で地味な私が何故、そう思われるのかがいつも分からなくて。でも、佳さんの言葉で分かりました。お互いにないものを持っていたから気になるのだと……。私も自分の意見を迷わずに言える相宮さんは憧れでしたからね」

「理咲の良さが自分にも欲しいからライバル視するんだよ。もう自分達の仲も邪魔しないし、理咲に対して意地悪もしないよ。仲良く出来ると良いね」

確信をした佳さんは私の頭を撫でた。

「佳さんは私のことを、たまに子供扱いしますよね。私はもう、れっきとした佳歩の母ですよ」

「うん、そうだね」

私はムッとして、頬を膨らませる。

「以前、相宮さんに言われたことがあります。貴方はオドオドした小動物だって。佳さんもそんな目で私を見てるんですか？」

「小動物？　確かに理咲は小動物みたいで可愛いよ」

佳さんは少し間を置いてから答えた。

「ほら、やっぱり……！」

「……だけどね、可愛いけど、本能的にいざとなったら強いんだよ。相宮さんが理咲をライバル視していたとしたら、その強さを恐れていたんじゃないのかな？」

「そういうものですか……？」

「考え過ぎずにそういうものだと思っていたら良いんじゃないかな？」

納得が行かない部分もあるけれど、そういうものだと言うことにしておこう。

「佳歩も寝ちゃったね……。理咲は疲れてない？」

「大丈夫です。どちらの両親にも挨拶するって決めたのですから、頑張ります！」

佳さんの実家に行った帰りに、私の実家にも行くことになった。

行く前に私は自分の口からはずっと話せなかった自分の事情を話す。

「実は……、迎えに行った時に理咲のお母さんから聞いてたんだ。俺も実家では窮屈な思いをしていたから理解出来る。だからこそ、佳歩にはそういう思いをさせないようにしよう」

「……はい、そうですね。佳歩には伸び伸びと育ってもらいたいです」

佳さんは優しく微笑み、ベビーカーを押しながら歩く。

いよいよ自分の実家に着いてしまうと、血の気が引いたみたいに気分が悪くなる。

「理咲……？　大丈夫？」

「は、はい。少しだけ気分が悪くなってしまいました……」

佳さんが玄関先で背中をさすってくれて、何度か大きく深呼吸をする。

「もう、大丈夫です……」

「無理しないで。また改めて伺うとして、挨拶が済んだら長居しないようにしよう」

落ち着いたので、恐る恐るインターフォンを押す。

「理咲です……」

『どうぞ、お入り下さい』

母の声を聞いて安心する。

佳さんも佳歩も一緒なのだから、大丈夫。

「お邪魔致します……」

「佳さん、こんにちは。家族が揃ってますので、リビングにどうぞ」

リビングに通された私達は、まず姉達の洗礼を受ける。

姉達は立ち上がり、深々とお辞儀をした。

「初めまして、長女の理子《りこ》と申します。弁護士をしております」

「私は次女の理恵《りえ》と申します。大学病院の小児科に勤務しております。この子が理咲ちゃんの子供なの？　可愛い！　抱っこしても良い？」

「私も抱っこさせて！」

佳さんが挨拶をする前に姉達に佳歩が奪われた。

佳歩は泣かずに抱っこをされている。

「少し静かにしてくれないか」

一番奥に座っていた父が面白くなさそうに、こちらを見ながら言った。

相変わらずの冷たい低い声。

目線も合わそうとしない父に嫌気がさす。

「話は妻から聞いている。取引先の小鳥遊代表の次男らしいな」

「はい。御挨拶が遅れましたが、ディレクタブルディッシュサービスホールディングスにて専務をしております、小鳥遊佳と申します。この度は私の不手際により大変な御迷惑をおかけしたお詫びと理咲さんとの入籍を許して頂きたく、お伺い致しました」

「とりあえず、座って話そう」

良かった、父が佳さんには卑劣な態度を取らなくて。

佳歩は姉達が見ていてくれるらしいので、私も佳さんの隣に座った。

「小鳥遊さんの子供だと言うのは事実なのか？」

「はい、間違いなく私の子です」

「そうか……。君が認めてくれているのなら、そう信じよう」

「ありがとうございます」

父は穏やかな態度を取り、すんなりと受け入れてくれそうだ。

「どうぞ……」

母は父にはコーヒー、佳さんには紅茶、私にはノンカフェインの紅茶をそれぞれ出してくれた。飲み物を出した後に母もソファーに座る。

「話し合いは進んでいるのかしら？」

母は父に向かって聞く。そう聞かれても、父は私や孫の佳歩のことなどは見向きもせずにいた。しばしの沈黙の後、父はコーヒーを飲みながら言った。

「出来損ないの三女が外食企業のご子息と一緒になるなんて夢にも思わなかった。理咲の好きにしなさい」

その一言を聞いた母は激昂した。こんな風に母が怒っているのを初めて目の当たりにした。優しい母の一面に心の中が落ち着かない。

「どうして理咲ちゃんを他の二人と同じように愛せないの？」

「そんなことないだろ、俺は同じように……」

母は父に追い込みをかける。

「まさか、とは思いますけど！　同じように接しているとでも言うおつもりですか？」

「俺は三人とも分け隔てなく育ててきたつもりだ。教育に関しても、世に出てから恥じぬようにと塾に通わせたり、家庭教師をつけたりと学習の機会を与えた。何不自由のない暮らしはさせてきたつもりだが……？」

やはり、父は自分の自己満足の為に私達を塾に通わせたり、上を目指すことを押し付けてきたのだと改めて実感する。

「それは本当にあの子達が望んでいたことなのかしら？　特に理咲ちゃんは、料理関係の道に進みたかったのよ？　貴方は何も知らなかったでしょう？」

「そんなことを知ってどうするんだ？　理咲は一言もそんなことなど言ってなかったぞ？」

言ってなかったのではなく、言えなかったのだ。

元々、勉強も出来なかった私にはキャリアを積む為の大学に行くことなどは当然、無理だった。

お菓子作りや料理に興味があったので、製菓学校や調理学校に進む同級生が羨ましかった。……けれども、そんなことを言おうものならば、即座に家から追い出されることを知っていた私は進路希望の時には言えるはずもない。

「私の父が頭取というポジションで、その娘の私と結婚したから、後押しをしてもらって頭取になれたのでしょう？」

「勘違いも甚だしい！　俺は自分の力で頭取になったんだぞ！」

怒りで高揚している母を初めて見た。

母はいつも穏やかで、こんな風に声を荒らげて怒ったことなどなかったから……。

「……そうですか。貴方は頭取になる為に、地位と名誉の為に家族を顧みず、貴方の理想ばかりを押し付けてきた。家族の団欒の自由も壊されて、私達はいつも窮屈だった」

「俺のことをそんな風に見ていたのか？」

父は母を咎めた。

「そうよ。地位と名誉を手に入れた貴方は変わり果てた。理咲ちゃんのことも、いつまでもそんな風に接するのならば家を出ます。良い機会ですから離婚して下さい」

母の怒った姿に感化された姉達も、ここぞとばかりに追い討ちをかける。

「私達みたいに箱入り娘ではない方が素敵な方を見つけられて素敵じゃないの。この家は窮屈過ぎる。お母様が家を出るならば御一緒するわ。理恵もそうよね？」

「そうね、私もそろそろ自分の好きな方と一緒になりたいわ。もう、お父様の言いなりにはなりたくないの」

長女の理子お姉様と次女の理恵お姉様までもが、反発する。

父の顔はみるみる青ざめていく。二人も父の顔色を窺いながら、幼い頃から勉学に励んでいた。

私とは違い、優秀な二人だったので父には好かれていたのだが……。

そんな二人ですら、この家は窮屈だったんだと思う反面、私だけじゃなかったんだと心強かった。

「お父様、私達も佳さんみたいな素敵な方と一緒になりたいの。もう子供じゃないのだから、好きにさせて頂きます！　お父様が肩書きにこだわるおかげで私達は地位を手に入れられたから、そこはお礼を言っておくわ」

「理子！　お前までそんな言い方をして……！」

「あら？　いつもお父様はこんな感じなのよ。真似をしただけ」

理子お姉様は、てへっと可愛らしく笑う。その横で理恵お姉様もクスクスと笑っている。

「ほら、理咲もこの際だから、お父様に何か伝えたらどうかしら？」

「わ、私は……」

私は、……家族皆で仲良くしたい。

私だけが優秀ではなかった為、疎遠がちだった優秀な姉達が佳歩を可愛がってくれて嬉しかった。それにシングルマザーとして佳歩を育てて行こうと決意した時、母も姉達も温かく迎えてくれたことは忘れない。

「私は……、佳歩も産まれたことですし、佳さんも居て家族が増えたのだから、皆で仲良く暮らしたいです」

精一杯の心の内を吐き出した。

「私はお姉様達のように肩書きも何もありません。でも、佳歩の母親です。私のせいで、佳歩とおじいちゃんが良い関係を築けないのだとしたら……、そんなのは悲し過ぎます。そして佳歩には私と父が、いがみ合っている姿なんて見せたくないです」

父とまともな会話をしなくなって、もう何年になるだろうか……？

この機会を失ったら、一生、いがみ合ったままだと思う。だからこそ、覚悟を決めて父に接する。

「もしも出来損ないの私のことを許して頂けるのならば、佳歩を可愛がってあげて下さい」

これ以上は何も言うことはない、という位に気持ちを吐き出した。

果たして父には伝わっただろうか……？

「私からもお願い致します。これからは私達も家族の一員です。一緒に佳歩のことを見守って頂けませんか？」

父の反応が怖くて、私は佳歩を抱っこしながらも少しだけ震えている。そんな私に気付いた佳さんはそっと私の肩を抱き寄せて、父にお願いをした。

「……孫を抱かせてくれないか？」

そんな私達を見た父は長い沈黙の後、ポツリと呟いた。

「是非、抱っこしてあげて下さい」

私は佳歩を父の元に連れて行く。

「名前はカホだったか？　漢字は？」

「佳さんから頂きました。佳作の佳に歩むと書いて佳歩です」

「そうか、良い名前だ。佳という漢字は、身心の均整がとれている美しい人を意味する。他にも喜ばしい、との意味もある。小鳥遊さんも佳歩も良い名前を付けてもらったな」

「はい……」

私は父が久しぶりに自分の目を見て話してくれたことが嬉しくて、涙が溢れ出した。

子供の頃は、こんなにも優しい父だったのだろうか？

「佳君、日取りを決めて御両親を含めた会食をすることにしよう。日取りは小鳥遊家の都合で構わない」

「かしこまりました。是非、宜しくお願い致します」

父の佳さんに対する呼び名が、小鳥遊さんから佳君に変わった。

私はそれだけでも嬉しかった。少しずつ、変化していく関係に希望が湧いてくる。

「理咲……、遠慮なく、佳歩を連れて遊びに来なさい。勿論、佳君も一緒にな」

「はい……！」

父は佳歩を抱っこしながら、私達三姉妹の昔話を始めた。

私達の幼い頃を思い出して、懐かしんでいるのだろう。

「昔に戻ったみたいで嬉しい。これからは皆で仲良くやって行きましょうね」

母はそう言うと静かに涙を流しながら、ハンカチで拭っていた。

姉達も笑顔になり、佳歩をあやしてくれている。

これから先は何も心配することはない。家族皆で協力し合い、幸せを持続して行くだけ。

七、心が満ち足りる

お互いの両親への挨拶をした翌日に区役所に届出を出しに行った。

無事に佳歩の認知届と入籍届が受理されて、私は幸せいっぱい。

特に変わったことはなく、平穏な日々を過ごしていた。

マンションですれ違う同じ階の方に、『あのカッコイイ方の奥様なんですね』と言われて、恥ずかしい気持ちもあったが嬉しくもあった。

佳歩も気付けばもうすぐ三ヶ月になる。

佳さんは仕事から帰って来るなり、私に向かって言った。

「理咲、週末に結婚指輪を取りに行こう」

「三週間後と言われてましたが、早かったですね」

佳さんの元に結婚指輪が完成したと連絡があったそうだ。

「たまには外食しない？　佳歩ももうすぐ三ヶ月になるし、個室ならば平気じゃないかな？」

「はい、楽しみにしてますね」

〝個室〟と聞いて、安心して外食に行けると思い、佳さんのお言葉に甘える。
「何が食べたい？　探しておくよ」
「……んー？　自分ではあまり作らない和食が食べたいです」
和食は苦手で上手く作れない。
近い内に佳さんのお母様に教わることになっている。
佳さんは仕事の合間にお店を探してくれたらしく、予約までしてくれた。
結婚指輪を受け取る日は昼食を自宅で済ませ、十四時過ぎに出発することになった。
空は快晴。
清々しい空気が気持ち良い。
マンションの駐車場に移動して、車が停めてある場所まで歩く。
佳歩をチャイルドシートに乗せて、いざ出発。
先日のジュエリーショップにて結婚指輪を受け取る。
佳さんから指に嵌めてもらった時、綺麗過ぎて感動した。
何度も何度も眺める。
ちりばめてあるダイヤモンドがとても綺麗。
指輪のカーブの部分もしなやかで指にピッタリとフィットする。

「何度、眺めても素敵です……！」

「そう、それは良かった」

私と佳歩の負担にならないようにと、ジュエリーショップから近いお店を予約してくれたそうだ。

高級店が建ち並んでいる街並みに躊躇しながらも、ベビーカーを押しながら歩く。

行き交う人々は高級店のブランドバッグを持ち、ショップバッグも持っている。

この街は私には敷居が高いのではないか？　と思っていたが、私達みたいにベビーカーを押しながら歩いている家族も居た。

家族連れを見た瞬間、安心感が芽生えた。

「理咲、ここだよ。佳歩を抱っこしてくれる？　ベビーカーを畳むから」

「はい、分かりました。お願いします」

私はベビーカーのベルトを外して、佳歩を抱っこする。佳さんは手際良くベビーカーを畳み、入口付近の邪魔にならない場所に置く。

「いらっしゃいませ、小鳥遊様。こちらへどうぞ」

予約した名前を佳さんが伝えると、奥の個室に案内された。

清潔な雰囲気の店内。

薄い色合いの木目のテーブルに明る過ぎない照明。

店員さんも私と同い年位に見えるが、丁寧な接客をしてくれる。

案内された個室は、畳の部屋だった。私達は座椅子に座る。

佳歩を寝かせる為の小さな簡易用のベビーベッドを用意してくれた。

「本日はお任せコースの御予約でお間違いないでしょうか？」

「はい、大丈夫です」

「アレルギーや使用しない方が良い食材などはございますか？」

個室に案内された後、店員さんは小さなバインダーを持ち、書き込みながら質問をしてくる。

「私は特にありません。理咲、何か食べられない食材はある？」

「えっと……」

私自身はアレルギーはない。

「鰻は苦手です」

「かしこまりました。ちなみに本日、鮑のステーキがメニューに含まれていますが、大丈夫でしょうか？」

「はい、鮑は食べられます」

「かしこまりました。それから、お子様に必要なお湯等の御用意も出来ますので、御利用の際には遠慮なくお声掛けをお願い致します」

「はい、ありがとうございます」

流石の高級店。気遣いが格段と凄い。

佳さんも車だし、私も授乳中なので、冷たい緑茶をオーダーした。食事が届く前に佳歩のオムツを替えに行く。

店内のトイレには車椅子用のトイレもあり、その場所にオムツ替えの台があった。そんなに広くはない店内だが、バリアフリーにもなっていて、気配りが嬉しいお店だ。

「鮑のステーキ、柔らかくて美味しいですね」

「確かに柔らかくて美味しい」

「さっきの和牛と同じ位、美味しい」

佳さんと一緒に食べる料理に舌鼓を打つ。

「締めのお蕎麦も喉越しが良くて、全部食べてしまいました……」

「残さずに食べてくれた方が、作ってくれた方も嬉しいよ」

「そうですね」

お任せのコース料理も残すは甘味のみになった。

佳さんに抱っこされていた佳歩は、お腹が空いてきたのか、グズグズ言い始める。

「すぐにミルクを作りますね」

佳さんは立って、揺らしながら抱っこをする。

佳歩はミルクを待っている間に、親指をチュッチュッとしゃぶっている。

「私がミルクをあげますから、佳さんはゆっくりしていて下さいね」

佳さんから佳歩を引き取り、抱っこしながらミルクをあげる。

哺乳瓶に手を添えて、ゴクゴクと飲み干していく佳歩。

余程、お腹が空いたのだろうか……。

佳歩を縦抱きにしてゲップを出した後、佳歩は再び、佳さんに抱っこされる。

「そろそろ、甘味がくる頃だから、佳歩は俺が抱っこするよ」

「すみません、食べている間中、ずっと……」

佳歩が飽きてきてグズグズ言い始めてから、ずっと抱っこをしてくれている佳さん。

抱っこをしながらも器用に箸を動かしてはいたが、ゆっくりと堪能出来ていないはずだ。

「失礼致します。甘味をお持ち致しました」

二つ届いたのだが、私の分は大皿だった。

「小鳥遊理咲様、お誕生日おめでとうございます」

あんみつや抹茶カステラなどが載っている大皿に花火が付いていた。

店員さんは花火を点火してくれて、パチパチと弾ける。

店員さんが下がった後、佳さんからリボンがかけられた長細い箱を手渡された。

「少し早いけど、お誕生日おめでとう、理咲」

「ありがとうございます……」

思いがけぬ、サプライズに感極まってしまった。じわじわと目尻に涙が溜まる。

昨年の誕生日は、叔母さん夫婦に盛大に祝ってもらった。

今年は佳さんに祝ってもらえるなんて、誕生日が特別なものになる。

「理咲、泣かない」

「はい……、開けても良いですか？」

「どうぞ」

先程のジュエリーショップのロゴが入った箱だった。

「可愛い！　これ、指輪の隣に飾ってあったネックレスですね」

指輪に関連しているネックレスで、指輪を嵌めていない時は一緒にチェーンに通して使えるタイプだ。

「何にしようか迷ったけど、指輪と対で使えるから良いと思った」

佳さんは本当に抜かりがない性格だ。

私に沢山のサプライズを投げかけ、喜ばせる。

「私は佳さんに、こんなにも甘やかしてもらって良いのでしょうか……？」

「良いんだよ、別に。俺がしたいから、そうしているのだから」

佳さんにじっと見つめられると、私はいても立っても居られなくなる。

「つけてみたら？」

「……はい！」

佳さんに促され、ドキドキしながらもネックレスをつける。

じっと見られているせいか、金具が上手く留められない。

「しょうがないな、佳歩、ちょっと待っててね」

佳歩を一旦、簡易用のベビーベッドに寝かせる。その後に私の側に来て、ネックレスの金具を付けてくれる。

「出来たよ」

そう言って、私のうなじにチュッとキスをする。

「ひゃっ……！」

突然の不意打ちに、変な声が出てしまう。

「似合ってる」

佳さんは何にもなかったかのように澄ましている。

「甘味、食べないの？　食べないなら、この抹茶のカステラを食べても良い？」

平然として、佳歩を抱っこして甘味を食べ始めた佳さん。

来年の佳さんの誕生日には、サプライズをして一泡吹かせてあげようと思った。


数日後の二十二時過ぎ。

佳さんは翌日の会議資料を作成する為に、帰宅がこの時間帯になってしまった。

佳さんからの連絡では帰宅が何時になるのか分からないと言われていたので、佳歩と一緒にお風呂に入り、夕飯も先に済ませていた。

「おかえりなさい、遅くまで大変ですね。残念ながら、佳歩はもう寝ちゃいました」

「そうだよな、もう二十二時だから……」

佳さんから玄関先でジャケットを受け取る。

佳さんは残念そうな顔をしながら、手荷物を玄関先に一旦置いてからネクタイを外す。

「はい、これ。時間のある時に見といて」

佳さんはルームウェアに着替えた後に私に紙袋を渡す。

手渡された紙袋は、何やら重い……。隙間から見えた限りでは、どうやら本のようだ。

中身が何の本なのかが気になり、すぐ様、袋から取り出してみる。

「え……？　これって……！」

中身は分厚いウェディング雑誌だった。

「結婚式場、調べといて。理咲の気に入った式場にしよう」

佳さんはネクタイを外しながら、私を見ながら言った。

「今から考えておけば、佳歩も少し大きくなるから良いかな？　と思う。佳歩も半年過ぎれば落ち着くでしょ」

咄嗟のことに私は驚く。

「佳さんが、この雑誌を買って来てくれたのですか？」

「そうだよ。かなり恥ずかしかったけど」

佳さんが本屋さんにウェディング雑誌を買いに行ったことを想像すると、何とも微笑ましい光景が目に浮かぶ。

「理咲、笑ったな？」

「ふふっ、だって、佳さんが一人で買いに行ってくれたかと思うと……」

「良く立ち寄る本屋なんだが、馴染みの女性店員に『ご結婚なさるのですか……？』と聞かれた。それまではプライベートなど聞かれたことがなかったのだが……。妻も娘も居ますと答えたら何故だか、店員が急に冷たい態度になり、ガサッと紙袋に入れた雑誌を手渡されて目の前で泣かれた」

佳さん、それって……。

「泣かせてしまったから店長は出てくるし、周りの視線も冷やかだったし、散々な目にあった。何故、泣いたのかが分からない。俺はいつも通りにレジに並んだだけなのに……」

「もしかしたら、その女性店員さんは佳さんが気になっていたのではないですか？」

「何故？」

何故って……？

佳さんは自分が女性にモテることなど自覚していなかった。

「好きだったんですよ、きっと。だから、佳さんが結婚していることを知ってショックだったんだと思います」

その方は、その場で泣いてしまう程に佳さんに憧れていたんだ。

痛い程にその気持ちが分かるなぁ……。

私は偶然にも両思いだったけれど、佳さんを諦めた時の喪失感は、他の何かでは埋まらなかった。

女性店員さんも心にポッカリと空白が出来てしまい、感情が一気に溢れ出してしまったのだと思う。

「そんな素振りはなかったと思うのだが……。仕事関係の本を購入したりする時に取り寄せなどでいつもお世話になっていた方だった」

「佳さんが気付かないだけだったんじゃないですか？　本当はずっと気になっていたと思いますよ」

私も佳さんに片思いをしていた同じ立場から考えると、一瞬で好きになってしまったのだと思う。

顔立ち、立ち振る舞い、程良い声のトーン、高身長……、全てが完璧な佳さんだから女性はすぐにでも好きになってしまう。

「私だってカフェで出会った佳さんに片思いをしてたんですよ。だから……、いつ、どこで、誰かが佳さんに恋をしてもおかしくはないですよ」

ウェディング雑誌を握りしめて、佳さんを見上げる。

「理咲もね、ママには見えないから充分気をつけてね」

佳さんは私の唇にそっと自身の唇を重ねる。

入籍をしてからというもの、佳さんの甘さは増すばかりだった。


数日後、相宮さんがマンションに遊びにやって来た。

相宮さんの主な目当ては佳歩と遊ぶことだったりする。

相宮さんは子供好きなのか、佳歩のことを気に入って会いに来てくれる。

私がキッチンで飲み物を用意している間に佳歩を抱っこしながら、あやしていた。

「はい、アイスカフェオレです。冬音子ちゃん、美味しそうな手作りクッキーありがとう」

私はノンカフェインの麦茶で、相宮さんにはアイスカフェオレを差し出す。

「た、たまたま沢山焼いたから持って来てあげただけよ……！」

綺麗にラッピングしてある手作りクッキーを相宮さんから沢山頂いた。

相宮さんは素直じゃないので、褒めてもはぐらかす。

最近は相宮さんのことを〝ちゃん付け〟で呼んでいる。

相宮さんは私のことは呼び捨てで呼んでいるが、よっぽどではない限り、名前は呼ばれない。

「冬音子ちゃんに相談があるの。佳さんがね、結婚式をしようって言ってくれているんだけど……」

「結婚式？　遠慮しないで、さっさとすれば良いのに！」

相宮さんは平日の昼間に暇さえあれば、一、二時間程度の間、遊びに来る。

佳歩を抱っこしながら、相宮さんは私に向かって言い放つ。

「でも、佳歩が居るから。まだ小さいし……」

「式の準備もあるから、あっという間に佳歩ちゃんも半年過ぎちゃうよ！　今のデキ婚夫婦はハーフバースデーも兼ねての結婚式をしたりするらしいよ」

「へえ……、そうなんですね」

ハーフバースデーを兼ねての結婚式なんてあるんだ。知らなかった。

「佳歩ちゃんは、私や貴方のお姉様方が交代で見てれば良いじゃない？　朝の準備から披露宴が終わるまで位なら何とかなるわよ」

「ありがとうございます！　冬音子ちゃんに相談して良かった！」

相宮さんと親密になればなる程、彼女の優しさが身に染みる。

私の目に狂いはなく、相宮さんはとても優しく、気遣いの出来る人だ。

「佳歩ちゃんと遊びたいから、そう言っただけよ。この子を見ててあげるから、さっさと結婚式やりなさいよ。貴方のことだから、祝辞とか受付とかしてくれる友達なんて見つからないでしょうから、してあげないこともないわ！」

相宮さんは、そっぽを向きながら話す。

「ふふっ、そうだね。冬音子ちゃんには友人代表の祝辞をお願いするね」

「仕方ないわね。受けて差し上げるわ」

ツンツンとした態度を取りつつも、本当は嬉しいのか、口元は口角が上がっていた。

「ありがとう。佳さんの友人代表はね、加賀谷さんだよ」

「え……？　加賀谷さん？」

「そう、加賀谷さん。佳さんと加賀谷さんは高校時代からの親友だから、最初から決まっていたの」

佳さん繋がりで、相宮さんも秘書の加賀谷さんは知っている。佳さん曰く、加賀谷さんは相宮さんを気に入っているらしい。

「そう。加賀谷さんが祝辞を務めるのね……」

加賀谷さんは仕事では佳さんに付きっきりの為、出会いがないとボヤいていた。

佳さんと相宮さんの婚約解消（……と言っても元々、婚約はしていない）に伴い、加賀谷さんが相宮さんに声をかけたのがきっかけ。

加賀谷さんは美人な相宮さんを一目見た時からのお気に入りで、最近では見かける度にデートに誘っているらしいが玉砕している。

「冬音子ちゃんは加賀谷さんのこと、どう思っているの？」

この際だから、ハッキリ聞いてみよう。

「は？」

「えと、だから、その……加賀谷さんのことなんだけど」

「どうもこうも、あの方が私のことを勝手に誘っているだけで、私はこれぽっちも興味なんてないもの」

否定しながらも満更でもなさそうな相宮さんは、顔が次第にピンクに染まっていく。

「加賀谷さん、接してみると凄く良い人だよ。明るいし、相宮さんが好きな俳優さんに似て……」

「よ、用事を思い出したから帰るわ！　け、結婚式のことはお姉様方とも良く相談すると良いと思う」

相宮さんは抱っこをしていた佳歩を私に託して、立ち上がる。

「冬音子ちゃん、もう帰るの？」

「……えぇ、用事があるから長居は出来ないの。佳歩ちゃん、またね。では、ごきげんよう！」

相宮さんは自身のバッグを持って、勢い良く玄関の外に出て行った。

加賀谷さんは相宮さんを見送る隙もなく、私と佳歩は取り残された。

相宮さんは相宮さんが好きだと言っている俳優さんに雰囲気も顔もどことなく似ていて、佳さんと同じ国立大学卒業の一流企業に勤めている好条件。

相宮さんは加賀谷さんの話題になるとはぐらかし、お喋りを中断する。私的には加賀谷さんと相宮さん、お似合いだと思う。

相宮さんが加賀谷さんを拒否する理由は何なんだろう？


「相宮さん、来てたんだね」

「クッキー焼いてきてくれたの。相宮さんのクッキーは本当に美味しくて、特にこの甘さ控えめな抹茶のクッキーが好きです」

佳さんは十九時過ぎには帰ってきて、毎日の日課の佳歩との入浴、夕食を済ませた。

現在は団欒しながら、寝かしつけ前のミルクをあげている。アイツは甘いのが苦手だから、このほろ苦い抹茶クッキーがお気に入りなんだとか」

「加賀谷が……、同じクッキーを食べていた。

「冬音子ちゃんのクッキー？」

「そうだよ、同じ物。いつの間にか、連絡し合う仲になっていたらしいな」

「……なら、良かったです」

相宮さんはいつの間にか、私には内緒で加賀谷さんにクッキーをあげていたんだ。

本当に素直じゃないんだから……！

私は相宮さんの恋が動き出していることが何よりも嬉しくて、顔がにんまりと崩れてしまう。

「理咲、どうしたの？　一人で笑ってる」

「えっと、冬音子ちゃんと加賀谷さんが仲良くしているのが嬉しくて、つい……」

隣に座っている佳さんを見ながら話す。

「そうだな、俺も同じ気持ちだよ。加賀谷が相宮さんを気に入っているから、二人が上手く行くと良いなと思ってる。加賀谷、あんなでも、一途だからな」

「佳さん、あんなでも……なんて言っちゃ駄目ですよ！　加賀谷さんは明るくて、とても誠実な方です」

加賀谷さんは佳さんと違い、クールではなく、社交的。目鼻立ちもハッキリしている、甘いマスクタイプの二枚目だ。

「理咲は本当に真面目だよな。加賀谷の悪口は俺しか言っちゃいけないことになってるから、親友の特権ってやつだな？」

佳さんはそう言って、私に向かって微笑んだ後に一口サイズの抹茶クッキーをパクッと口に放り込んだ。

「相宮さんは料理教室に通っていると加賀谷が言っていたな。……確かに美味しい」

「……ですよね！　そっか、冬音子ちゃんは料理教室に通っているんですね」

相宮さんは学生時代から努力している姿は他人に見せず、課題をこなしていた。

相宮さんがそつなくなんでもこなすのは、元から備わっている器用さと才能はあると思うが、陰の努力があってのことだったのだ。

やっぱり、相宮さんは素敵な人だなぁ……。

「今でも充分美味しいけど、理咲も通いたかったら通っても良いよ。その間、佳歩は母に任せれば大丈夫だし」

「せっかくですが、私は佳さんのお母様にお料理を教えて頂いてるから結構です。今は和食を教わっています。昼間に母と一緒に来て、佳歩の子守りをしながら教えてくれてるんですよ。来てくれる日は夕方までには夕食も出来上がりますし、私自身も楽させてもらっています」

佳さんのお母様は料理上手で、和洋どちらも美味しい。

時短や節約料理も得意で、とても為になる。

教わりながら、母と共に感心している。母も料理上手だとは思うが、お母様の料理は要領も良く、手早なのに凄く美味しいのだ。

「世間では嫁姑問題とか大変みたいだけど、理咲は大丈夫なの？　無理矢理に押しかけて嫌な思いをしてるなら注意を促すけど……」

「とんでもないです！　清美《きよみ》さんはとても話しやすくて気さくな方です。佳さんのお母様なのに、なんだか友達みたいに話しちゃって……、私の方こそ、良くして頂いて嬉しいです」

「清美さん？」

「すみません、実はそう呼んで欲しいと言われてまして……」

気恥ずかしいから『お義母様と呼ばないで』と言われていたので、呼び名が図々しくも清美さんになった。

佳さんのお母様は姑という立場よりも、歳の離れたお姉様又はお友達と言った方が相応しい。

育児の相談に乗ってくれたり、佳さんのお父様との馴れ初め話を聞かせてくれたり。来てくれる度に為になる話や親近感のある話を聞かせてくれる。

私と母は姑らしくない佳さんのお母様が大好きで、三人でのティータイムが毎回楽しみなのだ。

お母様は私の母とも仲良くしてくれて、観劇や映画に出かける仲になったらしい。

お互いに見栄の張り合いや子供を取られたくないとの嫉妬から、いがみ合ってしまうことも世間ではあるようだ。

そんな世の中なので、母同士が仲良くしているのは両家にとって、素晴らしいことだと思う。

「理咲もお母さんも母と仲良くしてくれてありがたい。これからも宜しく頼む」

「はい、お任せ下さい！」

佳さんは私の髪を優しく撫でて、そっと抱き寄せる。

「式場の目星はついた？」

「まだゆっくり見られてなくて……、ごめんなさい」

佳歩がお昼寝中は一緒に寝てしまったりしているので、なかなか、時間を割けない。

「いいよ、焦らなくても。ゆっくり決めよう」

私はコクンと頷き、そっと佳さんに抱き着いた。


爽やかな秋晴れの土曜日の朝、出かけようと思って玄関先で靴を履こうとした時に佳さんのスマホに電話がかかってきた。

電話の主は佳さんのお父様だった。

「はい……。今からですか？　今日は佳歩と公園に行こうと思ってたのですが」

迷惑そうに電話に出たので、私は佳さんの上着の裾を引っ張る。

「お父様がいらっしゃるなら、公園は明日にしましょう」

小声で伝えると佳さんは溜め息をついて、私を見ながらお父様に返答した。

「今日は天気も良いから、近場の公園に散歩に行く予定です。そこの場所まで来られますか？　……分かりました。じゃあ、そこで」

佳さんは仕方がないと言わんばかりにお父様を受け入れる。

「佳さん、私は公園に行くのは明日でも良かったんですよ。お父様に公園に来てもらうのは申し訳ないです」

私の意見など関係なしに、佳さんは公園で待ち合わせにしてしまった。

「俺の唯一の楽しみの家族の団欒を奪われたくないから、公園に来てもらうことにした。どうせ運動不足なのだから解消に丁度良いだろう」

そう言われたら返す言葉もない。

佳さんは仕事に追われて、日々忙しく過ごしている。そんな佳さんの唯一の楽しみが家族の団欒だと言われたら嬉しくて堪らない。

「お父様がそれで良いなら、公園に行きましょう」

私達はそのまま公園に出かけることにした。自宅のマンションから近い公園なので、徒歩で行く。

公園には大池があり、ちょっとした散歩コースになっている。

「今日の佳歩はご機嫌だね。沢山お喋りしてる」

三ヶ月を過ぎた佳歩は、『あー』とか『うー』と頻繁に声を出すようになり、益々可愛らしい。

「きっとパパと一緒だからですよ。佳歩も嬉しいんでしょうね」

「そうだと良いな」

佳さんは佳歩のほっぺをツンツンと軽く指で押した。手足をバタバタと動かす佳歩は本当に可愛くて、私達はメロメロになる。

「佳歩は今からこんなに可愛くて、将来が心配だ……」

「今から、そんなに心配してたら大変ですよ。佳歩に彼氏が出来たりしたら、佳さんはいても立っても居られなさそうですね」

「そんなことは考えたくないな……」

佳さんは佳歩の面倒も良く見てくれるし、イクメンだが、心配性の親馬鹿と言われる部類にも入っていると思う。

親馬鹿でも過保護なタイプではなさそうなので、それは救いでもある。

「はい、分かりました。大池のベンチに座っています。理咲、今着いたから、こっちに向かうって」

「早かったですね。清香さんもいらっしゃいます？」

「母は遅れてくるそうだ」

「……そうですか」

佳さんの指示通りに大池のベンチに座っていると、佳さんのお父様と秘書の方が現れた。

「佳歩ちゃん、理咲ちゃん、お待たせ！」

颯爽と現れたお義父様の後ろには秘書の方が居て、一礼して去って行った。

「随分と軽快に現れたもんだな。実家では無愛想なくせに」

お父様を見て、佳さんはボソリと呟く。

「何か言ったか、佳？」

「いえ、何も……」

呟きが耳に入ったお父様は目力を強めて、佳さんを睨んだ。

佳さんは怯むことはなく、愛想笑いを浮かべる。

「理咲ちゃんに話があって来たんだ。理咲ちゃんが一ノ瀬頭取の娘さんだと知らずに数々の御無礼な言葉をぶつけたことを申し訳なく思っている。なかなか言い出せなかったのだが、仕事を抜きにして御両親ともお付き合いさせて頂きたく思ってだな……」

しどろもどろになりながらも、私に誠意を伝えようとする佳さんのお父様。

「私は気にしていませんでしたよ？」

「両家の顔合わせの会食の場で、理咲さんの御両親を目にした時に気付いたんだ。名前が一ノ瀬理咲だと聞いた時にすぐに気付くべきだった。一ノ瀬なんて名字は滅多にいないからな。佳から結婚の話と子供の話を聞いて、気が動転していたんだ。いつもお世話になっている頭取が思い浮かばず、すまなかった」

「謝らないで下さい！　寧ろ、頭取の娘だなんて肩書きの方が嫌いでしたから、普通に接して頂けて良かったです」

頭取の娘という肩書きが嫌い。どんなに罵られても良かった。

肩書きが嫌いだから、本当は知られずにいたかった。

肩書きを言わずとも私を受け入れてくれたのが佳さんだった。

「それに……私は、私達は……お互いの肩書きを好きになったのではありません。心が通じ合える同志だからこそ、結婚を許して頂き本当に嬉しいのです」

私はニッコリと微笑み、佳さんのお父様に訴える。お義父様の目尻には、じんわりと涙が浮かぶ。

「佳に理咲さんを紹介された後は、どんな事情がある家庭の娘だとしても受け入れようと決めていた。これからも宜しく頼む……」

「はい、私は佳さんのご両親も大好きです。こちらこそ、不束者の私ですが宜しくお願い致します」

お父様は何故か、嗚咽を漏らし出した。意外に泣き上戸なんだなぁ……。

そんな時に清美さんがやって来て、私達を見て不思議そうな表情を浮かべる。

「あらあら、貴方、何故泣いてるの？」

「理咲ちゃんが……、あまりにも良い子過ぎて……」

「そうよね、私も本当に良い子だと思うわ。小鳥遊家には勿体ないお嫁さんよね！」

清美さんはお父様の背中を撫でて、落ち着かせる。

「みっともない所をお見せしちゃったけど、秘書の三園《みその》と一緒に仕出し弁当を購入して来たのよ。さぁ、皆で食べましょう！」

清美さんが案内する場所に秘書の三園さんがビシッとしたスーツに身を包み、背筋を伸ばして正座をしていた。芝生に大きなシートを張り、お弁当や飲み物が準備されている。

「わぁ……！　凄い！」

思わず声を上げてしまう。

「どうぞ、召し上がって」と清美さんが言い、遠慮なくシートの上にお邪魔をする。

「あの人が急に理咲ちゃんに会いに行くと言い出して、急遽、用意したものなの。突然、押しかけてしまってごめんなさいね」

清美さんはお弁当を食べながら、申し訳なさそうに謝る。

「いえいえ、いつでもいらして下さいね。こちらこそ、思いがけぬ豪華なお昼も頂いてすみません……！　ありがとうございます！」

焼売やエビチリなどが入った豪華な中華弁当だった。

佳さんの御両親の行きつけの中華料理店に注文して作ってもらったそうだ。

ペットボトルの緑茶が一本ずつ配られたが、授乳期間中の私にはノンカフェインの麦茶が配られる。そういう細かな気配りが何とも嬉しい。

「たまには公園で食べるお弁当も良いわね」

「佳歩が歩けるようになったら、ピクニックにも行きましょう」

「そうね、ピクニックに行きましょう！　そんな日が来るのが待ち遠しいわね」

私と清美さんは会話を弾ませながら、お弁当を楽しむ。

「理咲ちゃん、ちょっと聞いて！」

「なんでしょうか……？」

「律も佳も家を出てからというもの、あの人と二人だと気が滅入ってしまっていたの。だから、ついつい秘書の三園を呼び出してしまうのよね……」

清美さんは小声で私にそう言ってきたので、思わず三園さんを見てしまった。

目が合った三園さんは私にペコリと小さくお辞儀をする。

「三園は四十代の独身なの。仕事も早いし、正確なんだけど、無口過ぎるからお嫁さんが来ないのかしらね？　やっぱり、お見合いをセッティングした方が良……」

「奥様、その話はお断りしたはずです。それに私は独身と言いましても、妻に引き取られて子供も二人おります。お気遣いなく」

三園さんの耳には全て聞こえていたらしく、清美さんの話を遮り、デザートの杏仁豆腐を配りつつも自分の話をしに近くまで来た。話の最後に「どうか御内密に」と言い、唇の前に人差し指を立てた。

清美さんも今まで知らなかったことらしく、驚いていた。

お弁当を頂いている間、佳歩の面倒は代わる代わる見ていた。

佳歩もお昼の時間らしく、ミルクをゴクゴク飲んで眠ってしまった。

「では、またね。今日はありがとう、楽しかったわ」

「理咲ちゃん、本当にありがとう。また今度、ゆっくりとお邪魔させてもらうよ」

私と佳さんは三園さんの片付けを手伝い、その間は佳さんの御両親に佳歩を見ててもらった。

ご両親は優しい笑顔を残し、三園さんの送迎で帰ってしまった。

「なんだか、とんだ大事になってしまって悪かった……」

佳さんは佳歩のベビーカーを押しながら、しんみりと言った。

「そんなことはないですよ。佳歩も喜んでいたし、私も楽しかったです。佳歩も寝てますし、このまま近くのスーパーに夕飯の買い物に行っても良いですか？」

「勿論！　お昼が中華で油物だったから、夜は和食が良いなぁ」

「じゃあ、和食にしましょう」

スーパーはマンションの裏側にあるので、距離はあるが佳さんは文句も言わずに一緒に歩いてくれる。

道行く知らない人に佳歩が可愛いと言われ、ついでに佳さんもカッコイイと褒められる。私は心の中で嬉しく思う。

九月の下旬、残暑が厳しく、昼間はまだ少し暑さは残る。

次第に秋の景色に様変わりしていくのだろう。これからも変わり行く景色を佳さんと共に見られたら嬉しい。

八、幸せの余韻に浸る

入籍を済ませてから、約九ヶ月が経つ。

結婚式のことも少しずつ考えて、佳さんが購入してくれたブライダル雑誌を参考にして、気になる結婚式場を三つに絞った。

佳歩をお互いの両親に預けたりして、ブライダルフェアに参加し決定。

都内では教会が結婚式場の建物内にあるタイプの式場もあるが、別に建てられているタイプが良かったので、そのタイプの結婚式場を選んだ。

相宮さんのアドバイスを受け、佳歩が一歳の誕生日月に合わせ、結婚式を執り行うことになった。

最初はハーフバースデーと考えてもみたものの、佳歩は既に三ヶ月になっていて準備期間が短かったのと結婚式が十二月になってしまうので冬の寒さが訪れるとのことを考慮しての一歳の誕生日月。

佳歩は六月生まれなので誕生日月に合わせると、私達の結婚式は幸せになれるというジューンブライドになる。

憧れのジューンブライド。今でも充分に幸せなのに、これ以上の幸せが訪れると思うと感慨深い。

「佳さん、今日は一日中、天気が良いそうです」

「梅雨の中休みだね。まるで、俺達を祝福してくれているみたいだ」

いつもより早起きした朝、ベッドの中で会話をする。

私達の真ん中には佳歩が眠っている。

佳歩は一歳になり、夜はグッスリと眠るようになった。

「佳歩の一歳のバースデーも一緒に行えて、凄く嬉しいです。何より、結婚式の写真に可愛い佳歩も一緒に写っているなんて幸せですよね」

「一歳記念のバースデーフォトが結婚式の写真だなんて、ある意味凄いな」

「そうですね。結婚式の写真が家族写真にもなりますね」

ウェディングフォトは夫婦のみ、それから佳歩と三人バージョンの二種類を撮影することにしている。

佳歩も白くて可愛らしいベビー用のドレスを着る。

式場の計らいで、佳歩のみの写真も撮影してくれるらしく、楽しみが倍増なのだ。

「佳歩がもっと大きくなった時に写真を見て不思議に思うこともあるかと思うが……、

俺は包み隠さずに話すつもり。パパとママは一度は離れ離れになってしまったけど、家族になる為にママをお迎えに行ったんだよって」

「いずれ、佳歩が大きくなって馴れ初めを聞いてきた時に話しましょうか？」

「そうだな、そうしよう。さて、そろそろ起きようか？」

佳さんは私の額にキスを落とすとベッドから先に起き上がる。

次第に佳歩もモゾモゾと動き出し、私の方に転がってきた。

「まんま、ままぁ」

ご機嫌で起きてきて、私にしがみつく。

「おはよう、佳歩。今日は可愛いドレスを着ような！」

佳さんは佳歩をヒョイッと軽く持ち上げて、リビングに連れて行く。

「ぱぁぱ、ぱぱー」

佳歩は何度も〝パパ〟と繰り返し、佳さんもニコニコしている。

カーテンを開けると天気予報通り、朝から快晴だった。

梅雨の中休みだからか、蒸し蒸しする暑さだ。

いよいよ、今日は結婚式。

気分は最高潮に高まっているが、緊張もしていて気持ちが落ち着かない。

一先ず、普段通りの家事と佳歩の育児をこなさなきゃ。

「失礼致します。小鳥遊様をお連れしましたが、入っても宜しいでしょうか？」

「はい、どうぞ」

いよいよ、教会式直前。

ウェディングドレスに身を包んだばかりの私は、控え室にて待機をしていた。

「佳さん、とてもカッコイイです」

タキシード姿の佳さんに一瞬で目を奪われてしまう。

スマートに決めていて、まるで王子様がお迎えに来てくれたみたいだった。

「理咲も綺麗だよ」

跪いて私の左手を取り、薬指にキスをする。

左指には結婚指輪が光り輝いている。

「綺麗過ぎて、誰にも見せたくないな。俺だけのモノにしておきたい」

「ふふっ、私も佳さんを誰にも見せたくないです。でも、矛盾してますが……、こんなにカッコイイ人が私の夫だということを皆にバラしたいです」

私達は微笑み合う。

佳さんとイチャイチャしていた時、親族達がやって来た。

「まんま、ぱぱぱ！」

沢山お喋りをしながら私達目掛けて、トテトテと歩いてくる白いドレス姿の佳歩がまるで天使みたいだ。

「佳歩ちゃん、危ないから、抱っこしてな！」

佳歩が転びそうになった時、父がすかさず抱き上げた。

「少し位転んでも怪我しないわよ！」

「女の子なんだぞ、傷になったらどうする！」

小児科医の姉は佳歩を自由に歩き回らせたいらしいが、父は過保護過ぎて口論になる。そんな姿を見て、微笑ましいと思った。

佳歩のおかげで、家族と親密になれたのだから、たくさん沢山感謝しなくちゃね。

「りっくん……！」

そんな時、佳さんが誰かを見つけたらしく、駆け寄る。

「佳、遅くなって悪かった。でも、教会式には間に合いそうで良かったよ」

黒のスリムなスーツに身を包んだ男性は、佳さんに『りっくん』と呼ばれていた。

もしかしたら、お兄様の律さん……？

「お父さん、お母さん、御無沙汰して申し訳ございません」

「この……親不孝め！」

佳さんのお父様は声が震えていた。

本当は会えたことが非常に喜ばしくて、泣きたいのだろう。

「初めまして、佳の兄です。この度はおめでとうございます」

佳さんの御両親に挨拶をし、私の両親へも挨拶をして、深々と頭を下げた。

その後に私の元へやって来た。

「お手紙を頂いた理咲さんですね。いつも両親とも仲良くして頂いて何よりです」

「こちらこそ、御両親には常に良くして頂いてありがたい限りです」

佳さんにそっくりではなかったが、表情が所々似ている。

律さんと共に現れたのは、奥さんと子供達だった。子供達も礼儀正しく、お利口さんの三歳と二歳の男の子だ。

「佳に素敵な奥さんと娘が出来て心から良かったと思っています。そして……佳には沢山、辛い思いをさせてしまい、本当に申し訳なく思っている」

お兄様の律さんは、佳さんに謝る。

きっと手紙の内容が全てで、嘘偽りはない。

「りっくん、もう良いんだ。俺には理咲も佳歩も居るし、会社も継ぐ決意が出来た。これからは家族仲良くして、お互いに頑張っていこう」

佳さんは冷静に受け止め、これからは音信不通にならないように、と律さんと約束をしていた。

そのやり取りを見ていた佳さんの御両親は、感極まって泣いている。

お兄様の律さんとその御家族に会えて良かった。

「皆様、そろそろ教会式のお時間です。御準備をお願い致します！」

家族の団欒をしていたら、係の方が呼びに来る。

いよいよ、教会式が始まる。

カーンカーン。

教会の鈴の音が鳴り響く。

神様の前で誓いのキスをして、夫婦は公認になった。

「おめでとう、理咲」

「理咲、いつの間に赤ちゃん産んでたの？　言ってくれないなんて水くさいよ！」

「佳歩ちゃん、すっごく可愛い！　理咲似の美人さんだね！」

学生時代に仲良しだった女の子四人に招待状を出したら、四人共に来てくれた。

教会式のライスシャワーの時に話をすることができた。

どこから佳さんの耳に入るか分からないので、誰にも言わずに産もうと決めていた。

友達にすら、妊娠や出産報告はしなかった。

隠し通すのがこんなにも辛かったなんて、初めて知る。

佳さんと家族になったからこそ、友達にも報告が出来て良かった。

「旦那様も素敵だし、幸せそうで良かった！」

私達夫婦を見て、友達の一人が惚れ惚れしている。佳歩はお姉様方と相宮さんが見てくれているが、ちょこちょこと歩き回り、皆に愛嬌を振りまいている。

「そういえば、相宮さんとお近付きになれたのね……！」

友達の一人が佳歩と一緒にいる相宮さんを見て、興奮気味で話す。

「そうなの。実は佳さんの会社の取引先の令嬢で……仲良くなれたの」

……とでも、言っておこうか？　嘘はついてないし、良いよね？

「キャーッ！　私達も是非、お近付きになりたい！」

友達四人も相宮さんのファンだったので、相宮さんが結婚式に来ていたことに驚き、歓声をあげる。

「な、何……？」

「私達とも是非、仲良くして下さい！」

四人で相宮さんを囲んだので、一歩後ろに下がった。

「り、理咲の友達だから、仕方ないわね……！　今度、お茶でもしましょう！」

照れくさそうに相宮さんが答える。

四人はとても喜び、連絡先を交換していた。

「冬音子ちゃんも友達？」

連絡先を交換していた時、加賀谷さんがやって来た。

「学生時代のね。交換もしたし、私は佳歩ちゃんの元に戻るわ……！」

佳歩は現在、姉達に捕獲され、隅の方で遊んでいる。

相宮さんは加賀谷さんを見た瞬間にクルリと後ろを向き、逃げようとしたが、腕を摑まれて組まれる。

「わ、ちょ、ちょっと……！」

「冬音子ちゃんのフィアンセの加賀谷です！　宜しくね！」

加賀谷さんはガッシリと冬音子ちゃんの腕を組んで、離そうとしない。

四人は加賀谷さんに見とれてしまい、固まる。

「相宮さん、お茶した時に是非、お話を聞かせてね！　私達も結婚式に呼んで欲しいなぁ！」

「そう遠くない未来に式を挙げるから、是非、お越し下さい！　これからも冬音子ちゃんを宜しくね！」

加賀谷さんが勝手に受け答えをするから、相宮さんは開いた口が塞がらない様子だった。

「か、勝手に何を言ってるだけよ……！」

「まぁ、良いじゃない！　真実なのだから！」

いつもは気の強い相宮さんが加賀谷さんに押され気味で、顔が真っ赤になっているのが、とてつもなく可愛い。

私達は教会式を終えて、一旦、控え室へと戻る。

「理咲、疲れてない？」

「大丈夫です。教会式はステンドグラスの隙間から光がさし込んで、とても綺麗でしたね」

「そうだな。見学させてもらった時と同じで良かったな」

ステンドグラスがキラキラと輝き、素敵な教会式だった。

この式場を選んだのは、都内なのに緑に囲まれていて、安らげる場所だったからだ。お料理の試食も美味しく、広さも充分あった。

「私、とっても幸せです。こんなに素敵な結婚式も挙げて頂けたし、佳歩も居るし」

「理咲はこれからもっと幸せになるんだよ。俺が理咲を幸せにするから、理咲も俺のことを幸せにして下さい」

「……はい、誓います」

私達は二度目の誓いのキスをする。それは、二人だけの秘密のキス――

披露宴を行うのは広い会場だ。

大企業の次男、並びに銀行頭取の三女が結婚するとなれば、招待客も大人数になる。

「はぁっ、緊張しますね。キャンドルサービスをやりたくない……」

父の仕事関係の方も多数お見えになっている。中には、私が幼い頃から知っている方もいる。

「俺も同じだよ。職場の人達の所を回りたくない……」

教会式で愛嬌を振りまいた佳さんは心身共に疲労しているようだった。

披露宴の開宴待ちの私達はしばしの休憩。

「でも、友人代表のスピーチは楽しみにしているんです。冬音子ちゃんと加賀谷さんは何を話してくれるのかな？　って」

「そうだな。加賀谷に頼んだのは良いが、心配でもある」

佳さんは苦笑いをしていたが、実際のスピーチでも苦笑いをすることになる。

以前、佳さんが話してくれたプールでのカナヅチ繋がりだと言うことを面白おかしく加賀谷さんは話してしまった。……なので、会場は笑いの渦になった。

その反面、冬音子ちゃんのスピーチは素晴らしい程に感動的だった。

初めは私をライバル視していたことを言っていたが、スピーチの終わりには『親友です』と言ってくれた。

それを聞いた時は目が潤んだ。

目が潤んだと言えば、披露宴の最後に渡す両親への手紙で、母よりも先に父が泣いていたのに驚いた。

父は人前で絶対に涙を見せないタイプだと思うのだが、そうでもなかったみたいだ。

相宮さんとも、父とも、あんなにもいがみ合った仲なのに……、きっかけが一つあればこそ、仲良くなることが出来る。

二次会はホテル内のパーティールームをお借りした。

「加賀谷さんって言うんですね」

「彼女は居ますか？」

参加は自由のブッフェ形式で、主にお互いの友達や同僚、その他は仕事関係でも私達と同年代の方が中心に集まった。

定番の新郎新婦へのクイズなどが終了し、歓談タイムに突入すると、父の仕事関係の女性達が加賀谷さんに群がっている。

「私は疲れたから、そろそろ……、お暇しても良いかしら？」

相宮さんは、そんな加賀谷さんを見ながら、溜め息をついた。

「冬音子ちゃん、加賀谷さんに送ってもらわなくて良いの？　加賀谷さん、冬音子ちゃんを送って行く為にアルコールは一滴も飲んでないよ」

女性に囲まれている加賀谷さんを見るのが辛いのか、帰ると言い出した相宮さんを私は引き留める。

「どうだって良いわよ、そんなこと。迎えなんて、電話すればすぐに来るから。私を誰だと思っているのかしら？」

相宮さんはツンツンとした態度で私に接するが、それはヤキモチを妬いているからだとすぐに察する。

「すぐにお迎えが来るのは知っているけれど、加賀谷さんが可哀想だよ」

「はぁ？　何が可哀想なのよ？」

相宮さんは私に対して、売り言葉に買い言葉のような態度をとる。

「加賀谷さんの気持ちをもっと大切にしてあげて下さい！」

「う、うるさいわね！　私は……」

相宮さんが何かを言いかけた時、誰かが言葉を遮った。

「お待たせ、冬音子ちゃん！」

私と対面に向かって話していた相宮さんの背後から、加賀谷さんが肩を抱いた。

「な、何してるのよ！」

加賀谷さんに抱き寄せられた相宮さんは身動きが出来ない。

「見ての通りだよ。帰りは送って行くと決めたのだから、そうさせて」

みるみる内に相宮さんの顔が赤くなっていく。

「加賀谷さん、冬音子ちゃんはヤキモチ妬いているだけなんですよ」

相宮さんが素直になれないから、少しだけ後押ししてあげる。

「本当？　冬音子ちゃん、可愛いな」

「ちょ、理咲、何言って……！」

二人のやり取りを見ながら、微笑ましくなった私はクスクスと笑う。

相宮さんと加賀谷さんと一緒に居る間に、佳さんの姿が見えなくなってしまった。

一体、どこへ……？

「小鳥遊さんは甘い物好きなんですね」

「クールなのにスイーツ好きとか、ギャップが良いです……！」

周りを見渡すと、私の友人達に囲まれていた。質問責めにあっているようだが、ビジネス向けの笑顔で頑張っている様子だった。

そんな佳さんを遠くから見ているのも新鮮で良いな、と思っていた矢先、友人の一人が私を呼び寄せた。

私達は再び、質問責めに合い、歓談タイムは終了した。

佳歩が待っていたので、二次会は一時間半位の時間に留めた。

二次会の間、佳歩は母と清美さんに遊んでもらっていた。佳歩はキッズスペースで遊んだり、外に散歩に行きたいと言い出したらしい。

佳歩に振り回され、体力を消耗した二人は随分とグッタリしたようだった。

「あー、疲れた……」

バタッ。

「たぁーっ！」

結婚式はホテルで行った為、そのまま泊まれるように他の親族達と共に部屋を押さえた。

せっかくの高級ホテルだから……と思い、私達はエグゼクティブフロアにある、スイートルームを予約済。

佳さんはホテルの部屋に入ると雪崩れ込むようにベッドにダイブした。

その横に佳歩がよじ登って、佳さんの真似をして寝転がる。

「登って来たの？　可愛い！　パパの癒しの佳歩～」

佳さんは佳歩の方を向いて、ギュウッと抱きしめる。

「佳さん、今日はありがとうございました。久しぶりにお友達とも会えましたが、ちょっと疲れちゃいましたね……」

私も身体がクタクタになり、ベッドに腰をかけた。

「ままぁ、ままぁ！」

佳歩は私の方に手を伸ばしている。

「パパとママとで、佳歩をサンドイッチしちゃおうかな？　……えぃっ！」

私も寝転がり、佳歩にギュウッと抱き着く。

佳歩は大興奮で、キャッキャッと笑って喜んでいる。

「佳歩がすっごく可愛くて、写真の仕上がりが楽しみなんです」

「……理咲も綺麗だったよ」

前髪をクシャッと撫でられる。

「佳さんもカッコ良かったですよ」

お互いにお互いを褒め合う中、佳歩が喜んでいることが喜ばしくて微笑む。

三人で戯れていたら、いつの間にか、佳さんと佳歩の声が聞こえなくなった。

寝息が聞こえてきて、二人は眠ってしまったらしい。

疲れたから仕方ないよね……。

そんな二人を見ていたら、私も眠くなってしまい、少しだけ瞼を閉じた。

瞼を閉じた途端にスッと身体の疲れが抜けたかのように軽くなる。

ふかふかのベッドが心地好くて、起き上がることは不可能だった。

「理咲、……りーさ？」

「……けい……さん？」

うっすらと目を開けると、佳さんは上から私を覗き込んでいた。

「か、……佳歩、痛い」

ドンッと佳歩が私のお腹の上に乗ってきた。頬をペチペチと叩かれる。

「佳歩、駄目だよ。ママが痛いって」

「いたた！」

「そう、痛いんだよ」

佳歩は佳さんに捕獲されて、足をバタバタさせている。

「予約していたルームサービスの時間に間に合わなそうだったから、時間を変更してもらったよ」

「長時間寝てしまってごめんなさい……」

佳さんと佳歩も一時間は寝てしまったらしいが、私はもっとグッスリと深い眠りについてしまっていたらしい。

佳歩の強烈な起こし方により、強制的に目が覚めた。

時刻を確認すると、既に十九時を過ぎていた。

「二十時半に届くようにしてもらってたから。起こしてごめんね」

「こちらこそ、御迷惑をおかけしちゃいました。ごめんなさい」

佳さんは抱っこをしていた佳歩を下ろし、「そんなことないよ、お互いに疲れて寝ちゃってたんだから」と優しい言葉をかけてくれる。

「あと、二人のお姉さんからで、佳歩が寝たら留守番してるからバーにでも行っておいでって言われたよ」

「佳さん、いつの間に……！」

「寝ていたら理咲のスマホの着信音が鳴り出して、目が覚めた。理咲が出なかったから、その後に俺のとこに理恵さんが電話をくれたんだ」

私は電話に気付かない程に熟睡していたらしい。

どれだけ疲れていたのか……。

「ちなみにお姉さん方はレストランでワインを飲みながら食事をしてから来るから、遠慮なくと言ってた。それから、理咲のお母さんも一緒に来るから安心してって」

「そうですか。じゃあ、お言葉に甘えようかな！」

二人の姉達はワイン好きで、お酒にも強い。

お酒を飲まない母もついてきてくれるならば安心だ。

「ルームサービスが来る前にお風呂に入ってしまおうか？」

佳さんは時間がまだあることを確認してから、提案する。

「そうですね、そうしましょう！　お湯入れてきます」

私が浴室へと足を運ぼうとした時、佳さんは私を止めた。

「係の方がね、フルーツ風呂にしてくれたんだ。薔薇風呂も選べたけど、佳歩も居たから、フルーツにしちゃった」

「フルーツ風呂？」

「そうだよ。フルーツの良い香りがする。佳歩も早く入りたくてママを待ってたんだ」

佳歩が私の手を引っ張って、『こっち、こっち』と誘導する。

浴室の扉を開けたら、大きなお風呂にりんごやオレンジなどのフルーツが浮かんでいた。

ふんわりと、とてもみずみずしい香りがする。

「今日は理咲も一緒に入ろ？　佳歩が楽しみにしてるからさ」

佳歩はお風呂を見ては、大興奮をしていた。そんな佳歩を見て、恥ずかしくなりながらも了解する。

私は先に洗髪などをして入っていることになった。その後に佳歩と佳さんが入って来る。

「かぷっ、かぷっ」

「か、佳歩……！　これはね、食べられないの」

歯が生えてきた佳歩は、なんでもかじりたくて仕方がない。しかも、苺の次に大好きなりんごを見つけてかじろうとしていた。

何回か注意をして、やっと諦めたと思ったら、今度はフルーツを叩き始めた。

フルーツを叩こうとすると上手く叩けずに、滑ってしまう。それもまた面白いらしく、佳歩は何度も繰り返す。

「佳歩、叩いたら駄目だよ」

「……っめ、っめ！」

あまりにも食べ物を叩かせるのが嫌だったので、注意をする。理解しているのか、していないのか分からないが、「っめ！」と言いながらもフルーツを叩く。

佳さんが身体等を洗い終わり、湯船に浸かると佳歩はりんごを差し出す。

「ありがとう。佳歩、りんごの匂いがするよ」

佳さんは受け取ったりんごを佳歩の鼻に近付ける。佳歩はクンクンと匂いをかぎ、他のフルーツの匂いもかいでいた。

佳歩と遊びながら入っていたら、長風呂になってしまい、ルームサービスの時間まで後僅かだった。

私達は急いで着替えて、髪を乾かす。

何とかルームサービスの時間に間に合い、佳歩の離乳食も届いた。

「披露宴ではあんまり食べられませんでしたし、終わってからは寝てしまったので気にならなかったのですが、美味しそうなお料理を見てしまうと……やはりお腹が空きますね！」

「そうだね」

ルームサービスは創作フレンチのコースを選んだ。

私達は創作フレンチを堪能し、佳歩にも離乳食を食べさせる。佳歩も離乳食が気に入って、パクパクと口に運んでいた。

「乾杯！　結婚式、お疲れ様でした」

「お疲れ様でした！」

エグゼクティブフロアの夜景が見えるバーで私達はカクテルを楽しむ。

佳さんのカクテルはミントの葉が浮いていて、私のカクテルはほんのりとピーチの香りがする。

今までは授乳をしていたが、母乳の出も悪いし、完全に粉ミルクに移行したのでお酒を解禁した。現在はフォローアップミルクと呼ばれるミルクを佳歩は飲んでいる。前々から哺乳瓶に慣れていた為、佳歩自身も特にはこだわりがない様子だったので助かった。

「一生に一度だからと言って、私が気に入った披露宴会場にして下さり、ありがとうございます」

「良いんだよ、理咲が主役なんだから」

佳さんはカクテルグラスを片手に私に微笑みかける。

流し目で見られると胸が高鳴り、ドキドキする。

「佳さんも主役ですよ？　あと、佳歩もね」

入籍してから、もうそろそろ十ヶ月になるのにもかかわらず、佳さんにときめかない日はない。

私にとって、佳さんは完璧であり、理想そのものだから。

佳さんの流し目にノックアウトされ、グラスを見つめて話す。

ドキドキが収まらなくなるから、目を見て話せない。

「うん、佳歩は可愛かった。同じ位、理咲も綺麗だったよ。二人を皆に自慢出来て良かったよ」

佳さんのカクテルの中身がなくなり、グラスの中の氷がカランと音を立てる。

私は甘めなカクテルだが、佳さんのものはスッキリとした味わいらしい。

一口、味見をさせてもらったが、私には辛いようにも感じた。

佳さんは同じカクテルをおかわりした。

「今日はお兄様の律さんにも会えて嬉しかったです。奥様もお子様にも会えて、お話し出来て良かった」

「うん、そうだね。俺もりっくんに久しぶりに会えて良かった」

佳さんはお兄様の律さんを〝りっくん〟と呼んでいる。子供の時からの呼び名らしい。

「……で、りっくんとその息子達は俺に似てた？」

「んー、想像してたのは佳さんにそっくりな姿だったんですが、ちょっと違ってました。でも、清美さんが長男君を見て、『子供の頃の佳にそっくりね』と言ってましたよね？」

清美さんも初めて、律さんの息子さん達に会ったらしい。

写真では見たことはあったが、実際に会うのは初めてで、長男は佳さん、次男は律さんの子供の頃に似ていると言っていた。

「……確かに似てたかもしれないけど、俺の方が子供ながらにイケメンだったよ？」

佳さんは酔いが回って来たのか、冗談を言ってきた。

「ふふっ、そうなんですね。今度、清美さんに子供の頃の写真を沢山見せてもらう約束をしてるんです。見比べてみます」

披露宴のスライドショーで使用するのに、何枚かは子供の頃の写真を提出したが、それはお互いが自分自身のものを選んで提出したので、アルバムを見せてもらった訳ではない。

今後、平日の昼間に小鳥遊家にお邪魔する時までに全部のアルバムを出しておいてくれると清美さんが言っていた。

「実は……、律さんと奥様と携帯番号を交換しちゃいました！」

「理咲は奥さんと話し込んでいたけど、何を話していたの？」

合間を見つけて、律さんの奥様と話をしていた。

「子育てや出産のことですよ。あと、お互いの夫自慢です」

「夫自慢……？　愚痴じゃなくて？」

佳さんはからかうように私に言う。

「自慢ですよ、佳さんに対して、愚痴なんてありません。あるとするならば……」

「ほら、あるんだ。あるとすれば何？」

「あるとするならば、私を甘やかし過ぎだと言うことです。私は専業主婦なので、朝から晩まで家事をするのが当たり前なのに、起きられない時は佳さんがやってくれたりするから、……です」

眠くて眠くて起きられない日の朝、こっそり早起きしては朝食を作ってくれたり、私よりも先に起きてしまった佳歩を面倒見てくれたり。

理想の旦那様だが、私は甘え過ぎていないか、心配な面はある。

「そんなこと、気にしなくて良いんだよ。それに起きられないのは俺のせいもあるしね」

「何故ですか……？」

私は、きっとキョトンとした顔をしていただろう。

普通に聞き返してしまったのが悪かった。

「理咲を抱いた翌日は決まって、理咲が起きられないから」

その言葉で一気に顔に火がついたように、熱くなる。

隣側に座っている私の耳元で囁いた。

「わ、私はそういうことを言ってるんじゃなくて……！」

「じゃあ、どういう日に起きられないの？」

佳さんはニヤニヤしながら聞いてくる。本当に意地悪だ。

「か、佳歩が夜中にグズグズ言っていたりする時です……！」

私は言い切る。

「まぁ、そういうことにしておくね」

佳さんは微笑を浮かべ、乾き物のクラッカーを頬張った。

私もカクテルを飲み干し、バーテンダーさんにお任せの甘めなカクテルを注文した。

今度は夏らしいブルーのカクテルが大きめなグラスに入っていて、飾り切りしてあるパイナップルと紙で出来ている小さな傘の飾りが付いていた。

「ハワイアンカクテルだね。海辺で飲んだら、更に美味しそう」

「綺麗なカクテル……！」

スマホのシャッター音を無音にして、カクテルの写真を撮影する。それに気付いたバーテンダーさんが、カクテルと一緒に写真を撮影してくれた。

『他のお客様にシャッター音が聞こえなければ、御一緒にお撮りしますよ』と声をかけてくれた。

私達はお礼を言った後、カクテルを飲む。ブルーのカクテルを眺めながら、佳さんがふと呟いた。

「佳歩に綺麗な海も見せてあげたいし、山にも連れて行ってあげたい。佳歩には勉強だけじゃなく、自然にも触れさせたいし、暇がある時は沢山遊んであげたい」

「私もその意見に賛成します！　佳歩には色んな経験をさせたいなぁ」

私達みたいに、学生時代に勉強ばかりが優先にならないようにしてあげたい。遊びも勉強もバランス良く、させてあげたい。

「佳歩は将来、何になるのかな？」

「佳さんの後を引き継いで女社長とか？」

「うーん、子供が継いでくれたら嬉しいけれど、無理強いは出来ないかな」

佳さんが引き継ぐことに決まっている会社は外食産業で、お父様一代で築いた。お父様の実家では元々、洋食屋を開いていた。その洋食屋の次男として産まれたお父様は、食に関する仕事に興味を持つようになり、大学卒業後は食品会社に入社。働きながら資金をコツコツと貯め、店舗第一号店を建設。その店舗第一号が軌道に乗り、第二号店、第三号店と増やし続けて現在に至る。

「佳歩のお婿さんが継いでくれるかもしれませんし……、それに何より、佳さんがまず継がなくちゃですね」

「それもそうだな」

私達は佳歩の将来について、あることないこと話し合い、笑い合う。

「じゃあさ、社長夫人に折り入って御相談があります。こんな時になんだけど……、カフェの企画が通ったんだ」

「わぁ……！　おめでとうございます」

佳さんはカフェ好きだから、以前から気合いを入れて準備を進めてきたのは知っている。私も自分のことのように心から嬉しい。

「これから細かい打ち合わせが始まる。社内の女性社員の意見も取り入れて、具体的なメニューを考案していく。理咲も……、佳歩の散歩がてらに職場に出向いて、手を貸してくれないか？」

「嬉しいお話ですが、私は社員ではありませんし……」

何も出来ない私なんかが企画の話し合いに参加するなど、無謀な話だ。

「社員じゃなくても、奥さんだよ？」

「そうですけど……」

「食べてみたいメニューとかあれば教えて欲しいし、メニューの試作とかもして欲しい。フランチャイズながらも、癒しの空間にしたいから意見を聞かせて欲しい。それから、子連れのママ達も気軽に入れるようなカフェにしたい。その為には様々な設備の構築も必要」

佳さんの頭の中では既に、イメージが出来上がっているのだろう。

「社員じゃないのが嫌ならば、理咲も雇用契約を結べば良い。社内の女子社員も披露宴で理咲と話してみて、是非とも協力して欲しいと言っていたから、お願いします」

佳さんは真剣な顔で私に頼みごとをする。決して、冗談で言っているのではないとすぐに分かる。

「私でお役に立てるのでしたら、協力致します」

不安ではあるが、これからは佳さんを陰で支えることの出来る妻にならなければならない。

出来る限りは協力し、共に頑張って行かなくては。

「ありがとう。第一号店舗の準備で帰りが遅くなったり、休日も仕事を持ち帰ることもあって迷惑をかける日があると思うけど……、精一杯、家族を大切にするから」

「……はい」

佳歩も居て、家族三人で力を合わせて生活していく。

佳歩の成長が楽しみだったり、佳さんのお弁当作りが楽しかったり、そんな何気ない幸せが、私の生きる原動力になる。

「お姉さん方とお母さんに感謝しつつ、もう少しだけ、理咲とこうしてゆっくりと語り合いたいな」

「私もです」

佳さんとの恋人同士だった期間は短く、高級ホテルのエグゼクティブフロアのバーでゆっくりとお酒を交わすのは初めてだ。

今日位は、羽目を外しても良いだろうか……？

「せっかくだから、あと一杯だけ頂きます！」

「多分だけど、カクテルは甘めだけど……度数は強いからね」

「そうなんですね？　じゃあ、止めた方が良いかな？」

「理咲はあんまり酔ってないのかな？　……だとしたら、本当はお酒に強いのかも？」

確かに頭はふわふわしないし、自分が飲めないと思っていただけで、本当は行ける口？

三杯目を先程と同様にお任せの甘いカクテルとバーテンダーにお願いしたら、グラスの縁に飾り切りのオレンジがついたオレンジジュースのようなカクテルが届いた。

「酔っている理咲を見たかったけど、叶わなさそうだな……」

佳さんは残念そうにしている。

「私も酔っている佳さんを見てみたいな」

「俺？ 格好つけて飲んでるけど、そんなに強くない。もう既に頭がふわふわしてるよ。だから、俺はもう飲まない。佳歩が夜中に起きたら俺が面倒見るから、理咲は気が済むまで飲んでいいよ。たまには肩の荷を下ろしてもいいんだよ？」

そう言いながら、私の肩を抱き寄せる。

これから先も、ずっとずっと……、佳さんに恋をしていられますように。

ほんの僅かな時間だけでも、恋人同士に戻りたい。その願いは部屋に戻ってからも叶うことになる……。

部屋に戻って姉達と母が帰った後に、私は無理矢理に目線を合わされ、佳さんの唇で口を塞がれる。

「理咲……、好きだよ」

後頭部に手を添えられ、ソファーにゆっくりと寝かされる。次第に洋服のボタンが外されていく。

「け、佳さん……！」

「理咲を堪能したい」

佳さんは、額に首筋に……触れるだけのキスを落としていく。

「……っん」

唇が触れられた箇所がくすぐったく、身を縮こめる。

「佳歩が寝てる間は二人だけの時間だから、恋人に戻ろう」

「佳さん……」

佳さんと目と目が合い、どちらからともなく瞼を閉じる。唇を重ね合い、そっと目を開けて見つめ合う。

何度も身体を重ねているのに、鼓動が速くなりドキドキするのは変わらない。

私は佳さんの背中に両腕を回し、与えられる甘美な刺激に身を任せる。

「理咲の全てが可愛い」

何度も、何度も、佳さんからの愛の囁きが耳に入っていく。

下から見上げる佳さんが妖艶で、何度も目が釘付けになる。佳さんはどちらかといえば中性的な顔をしているので普段からは想像出来ない、情熱的な佳さんがいやらしくもあり、男らしい一面を感じる。

佳さんに沢山愛された後、私は身体の火照りがまだ消えないのと疲労感から起き上がることが出来なかった。

佳さんは先に起き上がってソファーに座り、少し汗ばんだ私の頭を撫でて呼吸が整うのを待っててくれる。

「理咲……、これからもずっと愛してるよ」

私は沢山の愛を受け取り、幸せの余韻に浸った。

エピローグ

佳歩が一歳半になり、一人でも自由に歩き回れるようになった頃、佳さんの御両親がお父様の秘書と一緒にマンションに遊びに来てくれた。

「佳歩ちゃん、玄関まで来てくれたの！　じぃじだよ」

「こんにちは。お越し頂き、ありがとうございます。どうぞ、お入り下さい」

佳さんのお父様は佳歩をヒョイッと持ち上げて抱っこをする。

「佳歩ちゃんにお土産だよ。これは理咲ちゃんにお土産ね」

お父様がニコニコしながらそう言うと、秘書の方が私にお土産を手渡す。沢山のおもちゃや絵本、更には私にもケーキのお土産付き。

「ありがとうございます。もしかして、ケーキは清美さんの手作りですか？」

「そうよ。今日は苺タルトにしたけれど、理咲ちゃんは気に入ってくれるかしら？」

「苺大好きです！　頂くのが楽しみです」

清美さんのケーキは絶品で、お店顔負けだと思う。佳さんが仕事の平日は、佳歩と一緒に小鳥遊宅に遊びに行ってはケーキ作りを教わっている。

「小鳥遊さん、こんにちは。最近、ゴルフの調子はどうです？」

「実はドライバーを新調してからは飛距離が伸びましてね、スコアもまずまずですよ」

その少し前には私の両親が来ていた。

父と佳さんのお父様はゴルフ好きなので、お互いの予定が合えば、プレーをしに一緒にゴルフ場へと足を運んでいる。

「あー、じじ……じじ……！」

二人のおじいちゃんに対しても満遍なく佳歩を会わせている為か、人見知りをしない。

佳歩は少しずつ言葉も話すようになり、家族の誰しもが可愛さに翻弄されている。

「佳歩ちゃんは本当に可愛い！　うちは男二人でしたから、女の子がこんなに可愛いとは初めて知りましたよ」

佳歩は二人のおじいちゃんの間をトコトコと歩き、行ったり来たりしている。

以前は、お互いの父が地位や名誉ばかりを気にしていたが、おじいちゃんになった父達は孫の佳歩に対して可愛くてデレデレだ。

孫が出来たことにより、お互いの父との関係性も次第に良くなってきている。

「佳君、理咲ちゃん、そろそろ出発したら？」

「そうですね、お言葉に甘えて、そろそろ出かけてきます」

母が私達に時間だと促す。

今日は月に一度の孫デーと称し、私達夫婦が夕方までデートを楽しむ日。

これは同居しない父親同士が決めたことで、私には育児や家事の息抜き、佳さんには仕事の息抜きをさせるのが狙いらしい。なおかつ、孫を取り合わずに一緒に過ごす日なのだと言う。

父親同士も引退が近いのもあり、地位や名誉など二の次にしてゴルフに行ったりして親睦を深めている。また、母親同士もお嬢様育ちなので会話が弾むらしい。

「佳歩の御飯はお皿に載せてあります。牛乳は一度だけ飲ませて下さい。では、行ってきます！」

二人のおばあちゃん達に佳歩の食事などの説明を一通りした。

佳歩が後追いをするのが可哀想なので、コソコソッと静かに両親達に挨拶をしてマンションの外に出る。

初めは佳歩に対して後ろめたい気持ちもあったが、思う存分に両親達も佳歩と過ごして欲しいのもあり、提案を受け入れることにした。

寒さは感じるが、快晴な冬空。

恋人繋ぎをして、デートに出かけた私達は晴れた青空の下でお互いを見ては微笑む。

「佳歩のお土産は何にしましょうか？」

「そうだなぁ、佳歩が好きな音の出る絵本は？」

「音の出る絵本は何冊もありますから……」

「それもそうだな……」

お昼は新規オープンのカフェに行き、佳歩へのお土産を話し合う。

孫に甘い祖父母達は、佳歩が『これが好き』だと分かれば来る度に用意をしてくる。好きな物だけを与えるのは良くないと思い、規制をしているのだが……聞く耳を持たず。

「佳歩の洋服は？」

「洋服は洋服で、お母様達が沢山買ってくれています。こないだなんて、佳さんが仕事の日にデパートに呼び出されて、可愛いお洋服を見つけたって言われて。買ってくれたばかりだったので、丁重にお断りしましたけど……」

「理咲に迷惑をかけてまで、それはやり過ぎだから、俺から母に注意しておく」

「私のことは気にしないで良いので、注意しないで下さいね。母達が仲良くしてくれるのも嬉しいですし、佳歩を可愛がってくれている証拠ですから」

お互いにお嬢様育ちで気が合った母達は、興味がある様々なワークショップに行ったり、佳歩の洋服を探しに行ったりと行動を共にしている。

張り合うのではなく、仲良くしてくれているのだから、私は嬉しく思う。

「理咲は本当に優しいね」

「そうでしょうか？　私は私の気持ちを言ったまでですが？」

「自覚をしてないところが、また可愛い」

佳さんは私の顔を見て微笑む。

私は佳さんの言葉に一喜一憂してしまうから、ボッと勢い良く火がついたみたいに顔が赤くなってしまう。

自覚をしていないのは佳さんだと思う。

いつもはクールな佳さんが微笑みながら、私を見る時の顔が堪らなくキュンとくる。

微笑みだけならまだしも、いつも可愛い、可愛いと言って私を見るから恥ずかしい。

「今日は理咲と行きたい場所があるんだ」

「どこですか？」

「それは内緒」

佳歩を両親達に預けてデートに行く時は、特にどこに行く訳ではない。いつもなら、ショッピングを楽しんだりして、一緒にいる幸せな時間を堪能している。

佳さんの行きたい場所とはどこだろう……？

「デートを頂いたら、そろそろ出ようか？」

「はい」

パスタを食べ終わり、食後のデザートが運ばれてきた。

佳さんは色々な種類のスイーツが少しずつお皿に載っているデザートの盛り合わせ、私はレアチーズケーキのブルーベリーソース添えをオーダーした。

「佳さん、幸せそうですね」

色々な種類のスイーツを目の前にして、佳さんはワクワクしているように見える。

職場では見せない顔を私が独り占めしていて、そんな佳さんを見られることに幸せを感じる。

「理咲と居るからだよ」

「本当にそれだけですか？　スイーツを目の前にして？」

「分かったよ、理咲と一緒に食べるスイーツが最高の幸せです」

「ふふっ、なんだか棒読みでしたよ」

「理咲に遊ばれているみたいだよ」

私はクスクスと笑う。

夫婦になっても佳さんは変わらずにカッコ良くて、時に可愛く思える。

デザートを食べ終わり、カフェの外に出た。

「お腹いっぱいですね」

「そうだな」

再び恋人繋ぎをしながら歩き出す。

初めは気恥ずかしい気持ちでいっぱいだったが、今では、どちらからともなく繋ぐようになっていた。

「……？　佳さん、電車に乗るんですか？」

「そうだよ。十四時に予約してあるから」

「予約……？」

いつもならば目的地を決めて電車を降りたら、その付近の場所で過ごしているのに？

佳さんは何やらスマートフォンで地図を検索しながら、歩いている。

「あった、ココだよ」

連れてこられた場所は、見た限りでは三階建ての建物だ。

「誰のお家ですか……？　私の知ってる人？」

スタイリッシュでカッコ良い建物に圧倒される。ついつい、立ち止まって見上げてしまう。

「誰の家でもなく、住宅展示場だよ」

「じゅ、住宅展示場……!?」

「以前に引っ越ししなきゃね、って話したでしょ。マンションは現在住んでいるから勝手が分かってるとして、新築一戸建てについての話も聞いておきたいな、って」

佳さんは時に強引に物事を進めたりする。

「現在は賃貸マンションだから、引っ越しするならマンションか一戸建てを購入したいと思っている」

「ま、まだ今の賃貸マンションでも……」

「ほら、理咲はまた遠慮したりするから、見に来ることは言わなかったんだ」

「で、でも……」

「それに今はもう、一ノ瀬理咲ではなく、小鳥遊理咲。家族として一緒に生計を共にしているのだから、遠慮は皆無です」

結婚式も挙げてもらったばかりで、今度はマンションか新築一戸建てを購入する話が出てくるなんて……。

確かに佳さんは引っ越しの話をしていたけれど、まだ先だと思っていた。

私は佳さんに助けられてばかりの専業主婦で、何のお返しも出来ていないのに新居購入をしてもらっても良いのだろうか？

「とりあえずは話を聞いてみよう」

「はい……」

住宅展示場では、間取りなどを見学させて頂いた。

開放感のあるカフェ風のリビングに吹き抜けのフロア、など……目新しくてワクワクした。

パンフレットを沢山お持ち帰りして、担当の方に検討すると伝えた。

「カフェ風のリビング、素敵でしたね」

「そうだね」

「でも、子育てには向いてないかな？　なんても思いますね」

駅までの帰り道、住宅展示場のことを話しながら歩く。

「……な、なんですか？」

「ん？　理咲が楽しそうで良かったな、って思って」

私と佳さんの身長差は二十センチほどある。上からじっと眺められると恥ずかしい。

「はしゃぎ過ぎてしまいましたね……。ごめんなさい」

「謝らなくて良いよ。理咲が楽しいと俺も楽しいから。それにこう見えて、俺もはしゃいでた」

佳さんはクールだから、一瞬見ただけでは判別出来ない。

「え、えぇー？　佳さん、はしゃいでたの？」

「見えなかった？」

「見えませんでした。佳さんがはしゃいでいる顔、見たかったなぁ……」

私は首を横に振り、否定をした後にぼんやりと呟いた。それを見た佳さんはクスクスと笑い出す。

「だ、騙しましたね……！」

頬を膨らませて、じいっと佳さんを見返す。

「騙した訳じゃないよ。はしゃいではいないけど、ワクワクはした」

「……本当ですか？」

「これは本当」

疑いの眼差しを向ける。佳さんは表情に出さないから、分かりづらい。

「そんなに頰を膨らませていると、佳歩みたいなモチモチほっぺになるよ」

むにっ。

佳さんは軽く私の左頰を指で摘んで横に伸ばす。

「佳歩を産む前の体重にまだ戻らないから、モチモチほっぺになってるんですよ」

「理咲は痩せ過ぎだったから、今の方が良いよ」

佳さんは微笑みながら答える。

「ほら、やっぱり！　私、太りましたよね？　今日だって、沢山食べてしまったから
……」

佳歩が歩き始めてから、目が離せないから一緒に歩き回る。

佳歩は歩けるのが楽しいのか、公園に遊びに行くとアチコチと動き回り、追いかけ回っているハズなのに産前の体重に戻らないのは、カロリーを以前よりも摂取しているからかな……？

佳歩と一緒に公園に行くことにより、健康的にお腹が空く。以前までは、こんなにお腹が空くことなんてなかったのにな……。

それに母乳もあげることを止めてしまったから、カロリーが消費されないのでは？

「理咲……、顔が青ざめてる。考え過ぎは良くないよ？」

「そうなんですけど……、でも……」

「でも、何……？」

二キロ戻らないだけで、見かけが変わってしまっている。

「そんなに見かけが変わったなら、ダイエットしなきゃですよね！」

「変わってないよ？　俺がさっき言いたかったのは、理咲は痩せ過ぎだから、沢山食べた方が良いって言いたかったんだ。最近、前よりも食べるようになったから良かったって思った。言葉足らずでごめんな……」

佳さんは優しいから、見かけに対しての不満を遠回しに言ったのではなく、私の心配をしてくれていただけだった。

「け、……佳さんが謝ることじゃないです！」

「佳歩は、これからどんどん動き回るから、沢山食べて体力維持しなきゃな。飲食に関わる仕事をしているから、尚更食べ物の力って凄いと思うよ。医食同源ってやつだね」

「医食同源……、そうですね。カロリーを気にしつつ、沢山食べることにします！」

佳さんは会食がない時は、お昼もお弁当を持って行く。……なので、私とほぼ同じ物を食べているのだからやっぱり代謝の違いなのかな？

佳歩と一緒に動いて、体重を戻そう……。

「まだもう少しだけ時間があるけど、どうしようか？」

「佳歩のお土産を探しつつ、お散歩しませんか？」

「理咲がそれで良いならそうしよう」

私達は帰り道に近い公園に立ち寄り、歩きながら一周する。

「今日、清美さんが苺のタルトを作って来てくれました。佳歩はまだタルトは食べられませんから、お土産は美味しそうな苺はどうですか？」

「佳歩は苺大好きだからそうしよう」

歩きながら佳歩へのお土産を考えていたが、おもちゃや絵本は沢山あるので悩んでいた。話し合いの結果、苺に決定した。

「段々と冷え込んできたな……」

夕方に近付くにつれ、気温が下がってきた。

「今日の夜は雪の恐れと言ってましたね。そろそろ帰りましょうか？」

「そうだな。お土産の苺を買って帰ろう」

少しずつ、手がかじかんできたけれど、繋いでいる佳さんの手の温もりが温かい。

公園からの最寄り駅に着くまでに、ハラハラと雪が舞い散る。

「雪が降ってきましたね……！」

「明日の朝、雪が積もったら佳歩にも見せてあげよう」

「そうですね。佳歩がどんな反応をするのか楽しみです」

家族三人で雪を見られたら良いなぁ、と考える。

佳歩にとっての初めての経験は大切にしてあげたいし、自然にも沢山触れさせてあげたい。

最寄り駅に着き、電車に乗る前にデパ地下に立ち寄る。

果物コーナーには家族連れが居て、佳歩と同じ位の女の子がちょこちょこと歩いていた。

「ふふっ、佳歩と同じ位かな？　可愛いですね」

「……佳歩に会いたくなった」

「そうですね。孫デーの朝は佳さんとのデートだって思ってワクワクしてるんですけど……、夕方近くになると佳歩に会いたくて堪らなくなりますね」

苺を買い、そろそろ帰ると母達にスマホからメッセージを送る。そうすると次第に私達のスマホの音が連続で鳴り出して、佳歩の写真が大量に届く。

「いつもいつも撮り過ぎなんだよ。しかも、良く撮れてるのだけじゃなくて……ピンボケのでもなんでも送ってくるし……」

佳さんは呆れ顔でピンポンと鳴るのがうるさいと言って、音をサイレントにする。

「これ、可愛いですね。待ち受けにしようっと！」

佳歩が大きなピンクのアルパカのぬいぐるみをギュウッと抱きしめている写真がとても可愛い。

佳歩はアルパカを上手く言えずに、『ぱちゃぱちゃ』と呼んでいる。

佳歩はアルパカがお気に入りで、いつか本物を見せてあげたいと思っているが、実物を見たらイメージと違って驚くかな……？

「そういえば、佳さんのスマホの待ち受けはなんですか？　私はいつも佳歩ですよ」

「俺の待ち受けは……」

そう言って、佳さんが私に見せてくれた待ち受けは……。

「この写真が気に入っているから、なかなか変更出来ない……」

佳歩がアルパカのぬいぐるみを抱っこして、私の膝にちょこんと座っている写真だった。この写真は佳さんが撮影したものだ。

佳さんが佳歩だけではなく、私も一緒に写っている写真を待ち受けにしてくれていたなんて、恥ずかしいけれども嬉しい。

「わ、私も……佳さんと佳歩が一緒に写っている待ち受けにしようかな？」

佳さんは写真を撮られるのが好きではないので、不意打ちに撮った写真ばかりだった。

不意打ちに撮ったにしても、どの角度からの写真も写りが良くて、どれにしようかと悩んでしまう。

「それは止めて！　恥ずかしいから……」

スマホのカメラロールを眺めていると、阻止する為に私の手の内から取り上げた。

「ちょ、け、佳さん……！　取らないで下さい！」

「何これ？　俺の寝顔？　消しても良い？」

「だ、駄目ですよ！　佳さんと佳歩の写真は私の宝物なんですから……！」

私のカメラロールは佳さんと佳歩の写真ばかりが並んでいる。その中に二人が一緒にお昼寝している写真があるのだが、佳歩の大好きなアルパカのぬいぐるみも加わり、可愛さ倍増なのだ。

「もう、これにしますから……！」

お気に入りを削除されそうになり、佳さんの手の内にあるスマホを取り返して何とか阻止をした。そのまま、お気に入りの写真を待ち受けにして、そそくさとバッグの中にしまう。

実物の佳さんが隣に居ても、私には写真も動画も大切だから、スマホの容量はすぐにいっぱいになってしまいがち。

今度、隙を見て、デスクトップパソコンにデータを移動しなくては……。

私達は佳歩へのお土産の苺の入ったエコバッグと両親達へのお土産の和菓子の紙袋を手に持ち、電車に乗り込む。

土曜日の夕方なので、電車も混み合う時間だ。座れる座席はなく、私達は立っていた。

「そういえば、佳さんの御両親は一軒家かマンション購入の件は知っているんですか？」

「あぁ、知ってるよ。理咲が準備をしている間に、両家の親達に言っておいた。反対はされなかったよ」

「いつの間に……！　知らなかったの、私だけだったんですね……！」

私は開いた口が塞がらないまま、佳さんの顔をじっと見上げる。

「うん、……まぁ、そういうことになるよね」

佳さんはしれっとした言い方をして、悪びれる様子もない。

「新居はやはり、一軒家推しだった。後々に佳歩の財産になるから、その方が良いだろう……って」

「そうでしたか……」

一軒家ならば土地も購入するので、将来は佳歩がお婿さんを迎えてリフォームして住んでも良いし、必要なければ売却しても良い。

高層マンションはセキュリティもしっかりしているし、利便性も良い。憧れはあるけれど、子供が増えた時の間取りが不安かな……。

「新居も購入したいけど、新婚旅行にも行かなきゃな。佳歩が歩けるようになったし、そろそろどうだろう？」

「新婚旅行……！」

以前、佳さんは『佳歩がもう少し大きくなってからにしよう』と言っていた。

私もずっと楽しみにしていたが、自分からは遠慮してしまいなかなか言い出せない話題だった。

「来年の夏頃には行かないか？　理咲に協力してもらっているカフェのオープン後になるし、仕事も落ち着くから」

「はい、夏頃ならば佳歩も二歳になりますし、もっと上手に歩けていますから、佳歩自身も沢山楽しめますね」

佳さんが企画を立ち上げたカフェの準備が順調に進んでいる。

私も社員ではないが、時には佳歩を連れて会社に出向いたりして、育児の合間に意見を述べさせて頂いたり……、と充実した日々を送っている。

「理咲は国内旅行で良いと言ってたけど、それで良いの？」

「佳さんの御両親も佳歩が大きくなったら、皆で海外旅行に行こうと言って下さってますから新婚旅行は国内が良いです。佳さんが良ければ……ですけど」

佳さんの御両親のお友達がフランスに住んでいるらしく、御招待を受けているそうだ。

何度か、日本には遊びに来てくれているが、自分達は行けていないそうで、いずれは行ってみたいと話していた。

「俺は理咲と佳歩が楽しめれば、行き先はどこだって良い。確かに佳歩が大きくなれば長時間の飛行機に乗るのも安心出来るから、今回は国内にしようか？」

「国内でも、遠く離れた場所へはなかなか行けませんから、私も佳さんも行ったことがない県が良いなぁ……」

国内でも沖縄《おきなわ》には家族で行ったことがあるし、あとは……。

「北海道《ほっかいどう》……とか？」

「ふふっ、私も今、北海道を思い浮かべました。沖縄には行ったことがありますので、北海道にしましょうか？」

思った場所が同じで、私達はお互い顔を見合わせて微笑んだ。具体的な日程は社長である佳さんのお父様と加賀谷さんに相談してからになった。

電車が次の駅に停止して、人々が乗り込んでくる。

反対側のドア付近には小さな男の子とお母さんが立って乗っている。

男の子は佳歩よりも、少しお兄さんに見えるがとても可愛らしい。

「ままー、だいしゅき！」

小さな男の子がそう言って、お母さんの足にギュウッとしがみついている。目撃した私達は可愛過ぎて、顔が綻ぶ。

「男の子も可愛い。まるで天使ですね」

私は咄嗟に、そう口に出した。

「男の子は母親に似るって言うからね、理咲似の男の子も早く見たいな」

佳さんが微笑みながら、そのすぐ後に「俺、頑張るから」と耳元で囁くように言った。

頑張るから……？

え、え……？　ふ、二人目のこと……？

私の顔はみるみる内に真っ赤になっていく。

「仕事も子育てもね」

佳さんは私の顔を覗き込むように、微笑を浮かべながら発言する。

仕事と子育てのことか……。

私はてっきり二人目のことだと思い、顔が赤くなってしまった。しかし、佳さんは違う答えを言ったので恥ずかしくて下を向いた。

恥ずかしいから、まともに佳さんの顔を見られない……！

「理咲がご想像の通りのことも頑張るよ、勿論」

「……！　け、佳さんの馬鹿っ！」

俯いている私に対して、佳さんはからかうように話しかける。や、やっぱり、佳さんは私をからかったんだ。

「佳歩と同じ位、理咲も可愛いよ」

佳さんは私の頭を優しく撫でて、自分の胸に引き寄せた。

「め、目立ちますよ……！」

「大丈夫だよ、身長差もあるし、窓際を向いていれば……」

佳さんにはいつまでも勝てる気はしない。

【番外編】有意義な時間（小鳥遊佳目線）

佳歩は二歳を過ぎて、更に活発に動き回るようになった。そろそろ大丈夫だろうということで念願の新婚旅行に来ている。

新婚旅行一日目は二人で相談をした結果、佳歩が初めての旅行で疲れてしまうかもしれないので移動のみ。

宿泊先のホテルに着いた後は、部屋でくつろぎながら、のんびりと過ごした。普段は仕事で佳歩と遊べる時間が少ないのだが、部屋の中では一緒に幼児番組を見たり、佳歩のお気に入りのぬいぐるみやおもちゃで遊んでいた。

家族と四六時中、一緒に過ごす楽しい旅行なのだが、二日目は朝早くから佳歩に起こされた。

「パパ、しゅきーっ」

まだ朝の五時だというのに佳歩は起き出して、寝ている俺の側にゴロンと寝転がって、ギュウッと抱き着いてくる。

そんな可愛い攻撃を朝からされて、眠気も一気に吹き飛んだ。

「佳歩、ねんねしないの？」

「ねんね？　ちない」

キングサイズのベッドで三人で寝ていたのだが、理咲はまだスヤスヤと寝ていた。

佳歩が理咲も起こそうとしたので、捕獲してソファーへと連れて行く。

「ママ、しー」

「そうだよ、ママはねんねしてるから、静かにしてようね」

佳歩に起こさないように伝える。佳歩は俺の真似をして、人差し指を口元に当てる。

トイレトレーニング中の佳歩をトイレに連れて行った後、テレビのスイッチを入れた。俺がテーブルにリモコンを置いた後に、佳歩はすかさず、リモコンを持ち上げる。

しまった！　と思った矢先に、佳歩がリモコンにイタズラして大音量にしてしまう。

慌ててリモコンを佳歩から奪い、音量を下げる。その後は佳歩の手の届かない場所にリモコンを置いた。

「しゃかな、しゃかな」

本人は大音量になり驚いたものの、反省などするはずもなく、テレビに映っている海の魚達を見ては指をさしている。

「お魚さん、可愛いね」

「かーいいねー」

佳歩はテレビに映っている魚達に目が釘付けになっている。

「おはようございます、佳さん、佳歩」

「ママー、ママー」

理咲の声がした途端にダダダッと走って、抱き着く。海の魚達もママには勝てないか……。

「すみません、後から起きて……」

「大丈夫だよ、気にしないで。それにまだ五時だよ」

もっと寝ていたかったが、佳歩には平日も休日も関係ない。ホテルに宿泊しているから落ち着かずに早いとか、そういう訳でもない。

「佳歩は何故か、休日こそ早く起きますね。パパが休みだって分かっているのかな」

「そうかもしれないね。毎週のように早いから……」

理咲は小さい欠伸をしていたので、俺もつられて欠伸をしてしまった。

「出かける支度をするので佳歩をお願い出来ますか？」

「任せて」

理咲が身支度をしている間に佳歩と遊ぶ。

佳歩のリュックから小さなスケッチブックと色鉛筆を取り出し、佳歩に渡す。佳歩はグルグルといくつもの円を描いていく。

「しゃかなー、しゃかなー」

俺からしてみたら、ただの円にしか見えないが魚らしい。

「ママー、しゃかなー」

何枚か描き終えると理咲の元へ行き、見せびらかす。

「佳歩、とっても上手だね」

理咲はよしよしと佳歩の頭を優しく撫でる。

「佳歩は魚が気に入ったみたいだよ。偶然にも水族館を予定していて良かったね」

「そうですね、佳歩喜ぶかな！」

ホテルの朝食の時間になり、一番早い時間帯で済ませた後、出かける準備が整い次第、水族館へと向かう。

早く起きたこともあり、開園時間から入場出来た。

「しゃかな、かーいーねー」

佳歩は想像以上に大興奮で、水族館内を動き回った。開園時間と同時に入場したので、比較的空いており、他の人の邪魔にならずに良かった。

「天気が良くて良かったですね」

天気も良く、カラッと晴れている。遊ぶには丁度良い。

「ペンペン！」

佳歩はペンギンのぬいぐるみを手に持ち、水族館の中でピョンピョンと飛び跳ねる。

「佳歩は元気だね。理咲は毎日、体力勝負なんだね……」

しみじみとそう思う。二歳児の佳歩の体力は半端なく、大人はついていくのがやっと。

「お陰様で私の体力もついてきて良かったです。カロリーの消費にもなるし、疲れるばかりじゃないですよ！」

理咲は常に前向きだ。俺の方が弱音を吐きそうだった。母という存在が偉大だと、日々、実感する。しかし、佳歩の行動力の凄さと好奇心旺盛な部分はどちらに似たのだろう？

佳歩はペンギンのぬいぐるみが気に入り、帰りの電車の中でも離さずに握りしめていた。移動中はずっと寝ていたのに、帰って来てからも二十一時にはグッスリと寝る。沢山寝ることが体力維持に繋がっているんだな。

「夜にケーキを食べたら駄目なんでしょうけど……、今日は沢山動いたから良いですよね？　良いことにしちゃおう！　んー、美味しい！　生クリームはあんまり甘くなくて好みの味です」

ホテルに戻って佳歩が寝た後、ルームサービスにてケーキと紅茶をオーダーした。

理咲はソファーに座り、独り言を呟きながらケーキを食す。

理咲は無邪気になり、佳歩が起きている時の母親らしさが抜けていた。

「ここ、生クリームがついてる」

隣に座っていたのですぐに気がつく。唇の横に生クリームがついていたので、指で拭い、自分の口に運び、指先を舐めた。

「け、佳さん！」

俺の行動を見ていた理咲が顔を赤くした。不意に触ると照れるのは、付き合い始めから変わってない。

佳歩が産まれて二年も経つのに、理咲は変わらずに可愛いままだ。照れながら、紅茶を飲んでいる。

カフェで初めて理咲を見た瞬間、心を奪われた。真っすぐに見てくる大きな瞳に釘付けになる。捉えられたら、後戻りは出来なかった。

客と店員という間柄を続けている内に、理咲を誰にも取られたくないという思いが湧いてくる。勇気を出して、理咲に告白をして良かった。あの時、勇気を出さずにいたら、理咲との縁も終了していたに違いない。

「今日は楽しかったね。あっという間に一日が過ぎたけど……」

「私も楽しかったです。北海道にして良かったな。自然に癒されるし、気候も過ごしやすいです」

「そうだね、明日は温泉地に行くから、少しはゆっくり出来るかな？　理咲もたまには羽を伸ばさないとね」

普段から家事と育児を任せている理咲を休ませてあげたい。

「夏だけど温泉付きの客室だから、ゆっくり出来ると良いな！」

「温泉付きの客室、楽しみですね。三人で入れるから佳歩も喜ぶだろうなぁ」

新婚旅行は国内旅行にして、ゆっくりまったり過ごすと決めたので、家族水入らずで沢山遊んで、沢山笑って過ごす。

「……佳歩が寝た後は二人で入ろうか？」

「え？　ふ、二人でですか？」

理咲はケーキを食べる手を止めて、ほんのりと顔を赤らめて、こちらを見る。

「うん。新婚旅行だからね、理咲とも濃密に過ごさないとね」

いつまで経っても、理咲は初々しいままだ。

「き、昨日だって……、佳さんが……、その、沢山するから……今日も先に起きられな、……って聞いてます？」

聞いているけれど、紅茶を飲みながら聞いてないフリをしている。

「男の子も欲しいけど、ただ純粋に理咲も抱きたい……」

「そ、そーゆーのも、口に出さないで！」

理咲は唇を甘噛みして、真っ赤な顔のままで俯いている。本当に可愛い、俺の妻。

理咲と佳歩、大切な家族を生涯をかけて守り抜く決意は変わらない。日々の生活の中でも、支えになり、時には盾にもなろう。

家族と一緒に素晴らしい未来を築いていきたい。

あとがき

初めまして、桜井響華《さくらいきょうか》と申します。この度は、書籍をお手に取って下さり、ありがとうございます。某コンテストに応募した際にマーマレード文庫編集部様よりお声をかけて頂き、出版の流れとなりました。

私にとって初の書籍です。書籍化作業が初めてでしたので戸惑うことも多く、執筆中も孤独との戦いでしたが、原稿を書き終えた後はやり遂げた感がありました（笑）

裏話をすると……、理咲はカフェ勤務ではなく、プロットの初提出ではコンビニと居酒屋の掛け持ち勤務。担当編集様のアドバイスにより、ヒロインのキラキラ感を出す為にカフェ勤務になりました。それにより、佳がスイーツ好きになった訳です（笑）

実は初の書籍にして、初のシークレットベビーもの。手探り状態でしたが、佳歩の可愛さに癒されながら執筆していました。

佳のヒーローとしてのカッコ良さ、理咲の人柄の良さを上手く引き出して下さったのも、担当編集様です。原稿の改稿を送る度に良くなったと褒めて頂き、励まされました。

お気付きでしょうか？　主要の人物は、小鳥遊、一ノ瀬、加賀谷、冬音子の漢字三文字。これはただ単に揃えてみただけで、特にこだわりではありません（笑）

理咲と冬音子、加賀谷と冬音子、主人公絡みのライバルなどからの友情又は恋愛パターンが好きなので、ちりばめてみました。

裏話の最後の話は、理咲の父の名前は一ノ瀬理一郎《りいちろう》です。理咲の名前が決定し、佳の名前が決まる前に何となく思い付きました。作中には出ませんでしたけど（笑）

それから執筆が上手くいかなくて行き詰まっていた時、芦原《あしはら》モカ先生のイラストのラフ画が届いて、テンションが上がったのも事実。完成イラストを頂いた時、美麗過ぎて、しばらく眺めていました。佳の俯き加減が素敵で、理咲と佳歩が可愛くて……！　家族のほんわかとした優しい雰囲気を淡い色彩が引き立ててくれていて、お気に入りです。

最後に担当編集様、芦原モカ先生、マーマレード文庫編集部様、ハーパーコリンズ・ジャパン様、並びに書籍化に携わって下さった皆様方、ありがとうございました。

お手に取って下さった皆様にも、またお会い出来たら嬉しいです。

桜井響華

マーマレード文庫

クールな御曹司は最愛のママとシークレットベビーを溺愛したい

2021年12月15日　第1刷発行　定価はカバーに表示してあります

著者　桜井響華　©KYOKA SAKURAI 2021
編集　株式会社エースクリエイター
発行人　鈴木幸辰
発行所　株式会社ハーパーコリンズ・ジャパン
東京都千代田区大手町1-5-1
電話　03-6269-2883（営業）
0570-008091（読者サービス係）
印刷・製本　中央精版印刷株式会社

Printed in Japan ©K.K. HarperCollins Japan 2021
ISBN-978-4-596-01886-1

m a r m a l a d e b u n k o